歌集

ニムオロのうた

林 宏匡

第一歌集
文庫
GENDAI
TANKASHA

目次

第一抄

蟇蛙

朽ち果てし我が家の主か蟇蛙今朝も冷雨に濡れて動かず

降りしきる冷雨に平然蟇蛙のっしのっしと縁下を出づ

人の威を跳ね除けむかに蟇蛙凝然として眼《まなこ》据ゑたり

三歳の幸

霜晴れに我が子の七五三祝ひけり三歳《とせ》のけふの幸《さいはひ》のため

振り袖を被ひ隠せし千歳飴子等よひとしく福を授かれ

それぞれの親の趣向に着付けされし子らブランコをこげり無邪気に

公園に乗り捨てられし三輪車良い子の夢に今宵入りゐむ

走る

凩と光を頬に跳ね返し区営広場を今朝も走り抜く

昨夕のニュースに報ぜし初霜の朝《あした》のコース柔らかかりき

睡き眼瞼《め》を強く擦りてふるひ起ち走り出だせば寒き雨降る

いつになく旭《ひ》射し影せぬ水溜り眼《まなこ》凝らせば薄氷張る

初冬の淡きひかりを背に受けてわが影に向き体操はじむ

霜柱踏む感触の心地よく走るがままにスピードを増す

一面に霜の降りたるあさぼらけ穢れし野犬の餌あさりをり

裏木戸に運動靴をはきをれば鵙の一声大気ゆさぶる

凸凹に凍りつきたるグラウンドは昨日《きそ》の試合の激闘を語る

いつになく踏むトラックの柔かく師走を忘れ五千米走る

現身に駿馬の血肉入りしかにはや一年は過ぎ去りにけり

初日出で家鳩の群の飛び行きて走れる吾に道開きたり

走り初め乾布摩擦に身を清めうららなる日に年賀を交《かは》す

氷結せる鉄棒握り二度三度懸垂すれば肩冷え透る

栄光の己が身断ちし人もあり擬装殺人犯す世情に

一時間遅く走り出せる日曜日冬の旭も暖かかりき

大寒の霰ちる朝グラウンドを走りたれども速度あがらず

稀にみる大雪の朝走りたり足の動きは海鳥に似む

残雪の氷りつきたるグラウンドを烈々として走り抜きたり

すずかけの木を過《よ》ぎらむと駈け寄れば鶫《つぐみ》群れ立つ羽音一斉に

大枝も圧《へし》折らむかに争ひて痩せたる鵯黒き実を食《は》む

房々と熟し実れる鼠黐《ねずみもち》呑込まむとし鵯羽撃く

鼠黐食ひ尽すまで冬鳥の群らがりて飛ぶ下を走りぬ

葉に枝に黒き糞して冬の鳥去りて寥しき広場を走る

都電を惜しむ

廃止さるる都電に乗りて想ひけりより安全な車ありやと

幾十年嵐に雪に耐へ抜きて進みし車体を見直しにける

雨雫ふるひ落して都路を進む電車は泣き皭《じゃく》るごと

役割の重きを感じ膝の上に抱へし医書と年を越さばや

寒月

やつれつつ東の空に渡り来て残月遂に朝寒むに消ゆ

天空を欲しいがままに照らし来し寒月今朝はアポロンの馭者

夜泣き

夜泣きせし吾子を抱き上げなだむればいまはしき夢徐々に醒めゆく
冬の夜のしじまを突如泣く吾子も同じ悪夢に悩まされしか

病臥

梅毒性弁膜炎の翁なれどせめて病む床潔くあれかし
沈黙のしばし続けるつかの間に臨終告げる我が口重し

磨かれし氷の如きひややかな瞳の底に悔恨を見つ

飄々と肝硬変の病人は「相変らず」と硬き腹出す

腹式の呼吸する都度指に触る粗き肝縁は癌の徴か

「お大事に」一言残し階下る黒き富士浮く冬の夕映え

あどけなき子には注射を忌みをれどこの一注に心こめたり

病める身に待ち侘ぶる姿思ひつつ急ぐ舗道に銀杏《いてふ》飛びかふ

冬枯

冬枯の淡き旭《ひ》をあび四十雀街路樹の梢《うれ》啾々と飛ぶ

樅の枝を根締に活けて妻は子と明治百年聖夜に謡ふ

吾子

砂場にて無心に遊ぶ吾子を呼び電車ごっこで夕餉へ急ぐ

寒き朝深く寝込みて見送らぬ吾子出勤の足を鈍らす

正月

一言の年賀のために妻はまた忍耐強く着物換へをり

憂ひある歌詠むよりも健康な歌詠みたれと妻は言ひたる

父上と酒酌み交《か》はし大声に福笑ひせる初夢を見き

年移り奴の凧は見あたらずパーマン、オバキュー空に舞ひをり

寒風に頬紅らめて凧上げる父子の視線は天に交《まじ》はる

「酔心」に顔をほてらせ碁を語る蒲鉾の味今宵格別

祖母の死

祖母の死を電話に受けしその直後検鏡すれど曇りて見えず

新幹線祖母を偲びて乗り行けば白雪の富士静もり深し

その昔鰊の小骨丹念にとりて給へる祖母は逝きけり

八十路過ぎ眠れる如く逝きし祖母死の作法さへすがしかりけり

祖母の死を惜しむが如く豪雪の降りしきるなかを葬送車行く

祖母の死を弔ひし夜吹雪きたり追憶《おもひ》はるけきサハリンの日々

春発《た》つ

朝ごとに走り馴染みしグラウンドに春嵐の朝別れ告げたり

ひとしきり降りて晴れたる朝露のひかる葉末は春めきにける

祖母逝きて四十九日は近づけり九葉の松を植ゑなむと想ふ

黄ばみたる垂柳の枝々に都の春の塵のほのけく

ヒアシンス匂ふ外苑診療所去り行く吾が背に霧吹きの雨

恩師、上野正吉教授の退職記念会にて

法と医に橋渡しつつ幾十年真理窮むる吾が師尊し

ひたすらに法医の道に情熱を傾けて来し師は若く見ゆ

語気強く正義の人と讃へらる恩師謙譲に眼を伏せゐます

エレクトーン静かに流るる会場に恩師の業績脳にきざめる

雨風に負けず臆せず貫ける恩師の信念学びたりきや

教へ子の夫人の歌ふソプラノに恩師の口許ほころびにけり

第二抄

納沙布岬

荷造りのいまだに解けぬ仮り住まひ日乾しの柳葉魚《ししやも》に茶漬を啜る

海風に吹き曝されし納沙布に都は桜のニュース聞きたり

冬去りて春まだ遠き花咲の原野に海風荒れつづきたり

鷗の群頻り鳴き飛ぶ港街鱈提げし漁婦夕道を往く

牧場に堆積されし蟹骸を烏つつきて撒き散らしをり

流氷去り蟹漁船《かにとりぶね》の賑はへる根室港に霧深みゆく

擂り林檎を畳叩きて催促す生後十月《とつき》の睦の湯あがり

千島より吹く寒風に逆らひて雲雀五月《さつき》を囀りつづく

干鱈《ほしだら》とトタンの屋根に霧深き根室市街を苗木売りの声

霧晴れつ

帆立貝幼時の追憶《おもひ》手土産に亡き友の兄訪《と》ひ給ひしか

霧晴るやたんぽぽ咲ける沢に出で弁当拡げ母の日を撮る

水芭蕉コップに挿して妻は言ふ楽しかりけりけふの母の日

さいはての野にも五月の晴れし日は子等嬉々として笹舟流す

健診の生徒らを待つ内庭に千島桜の幼木を観る

芽吹きたる千島桜のさみだれに新緑の歌学舎に充つる

何人が「雨降りぼたん」摘みたるや今日も往診す泥濘の道

厚床の原野を拓き貧農に耐へ生くる姥の脈は硬かり

車石彫りたる如き岩壁に波濤砕けて霧となるらし　（車石は地名）

霧の朝ふたつきぶりに走りけり烏の声のこだまする沢

初夏

昆布《こぶ》漁の引き上げ告ぐる灯台の霧笛はおもく海を亙るも

辛うじて摑まり立てる一歳の睦背負ひし祝餅《もち》は重すぎ

雨降りて鈴蘭狩りを見合はせし日はゆくりなく吾子と遊びぬ

妻と子が丹精こめて植ゑにける菫一夜の雨に萎るる

行楽の予定は流れ今朝《このあさ》の勤務にいささか疲労残れる

北海道東の果ての磯風に妻と子と我昆布を拾ふ

ゆったりと草食《は》む牛に吹く風の肌《はだへ》清しき初夏は来にけり

朝ごとに沢に来鳴ける郭公の聞こえぬ一日《ひと》はなぜか寂しき

魚臭滲み日焼けせし腕突き出だし注射乞ひたり頬こけし漁夫は

姥の命救へる吾に贈られし筋子で茶漬啜る夏の夜

霧の宵港祭に打ち上げし花火幽《かそけ》く闇に閃く

突風

突風に墜ちむあやふさに黒孤蝶花の原野を低く飛びゆく

貧弱な僻地医療を体得し実習生は根室去りたり

牧の草刈り取られたる原の朝風にきりきり鳴く秋の虫

ソビエト戦車の軀幹にチェコ人民鉤十字をば書きて罵る

検死

激浪を呑みつ吐きつ泳ぎたる漁夫の屍《しかばね》浮腫《むく》み剝げたる

下肢硬直強く遺せる屍《しかばね》に繋る浮玉空しく青き

大しけの海なる漁夫の屍《し》の腋窩に表皮剝離われは検《み》にける

芒

夙《つと》に起き芒穂に添へ龍胆を摘みきて妻に喜ばれたり

朝曇り獲物を求め舞ふ鳶の狙ふ間もなく海ゆ風吹く

据ゑ終へし妻のカメラに吾は父の著書と芒を前にをさまる

誕生日に贈られて来し父の著書繙きて我が生きむ道霽《は》る

辛じて歩き初めたる睦吾を見上げて笑みて尻餅をつく

髭剃るもそらぬも変り映えのせぬ齢に吾はなりにけるかな

心なき人に毟《むし》られ潰されしハマナスに旭光《ひかり》冷たかりけり

雲脚の速き牧場の朝明けに栗毛は猛り嘶きにけり

朝曇り烏群れ鳴く牧の上を鷗黙々と渡りゆき消ゆ

夜明くるも降りやまざらむ秋雨に牛乳配達の瓶触るる音

僻地根室

根室開基百年祝ふ少年団鼓笛鳴らして軒並を行く

手際よく駆血帯解き注射せり主任看護婦呼吸《いき》鎮めつつ

秋の午後患者跡《と》切れし診察室愛染かつらの曲流れくる

いきづきのいとまなく外来患者《がいらいいみ》診たる吾さめしはぶ茶に秋を想へり

冬近し

雲の間の黒き名月写さむと身構へたれば鼻緒切れたり

すさまじく風の唸りて乱れ飛ぶ雲の間に中秋の月

星空を眺めつつ妻烏賊干さず過ぎたる今日を頻り悔める

軒並に大根干しに忙しき根室市街の冬の訪れ

ほしみせに盛られし蟹の湯けむりに根室の秋は暮れゆかんとす

アノラック買ひ揃へきて吾妻と初の根室の冬を語らふ

霜降りて枯草ひかる牧の辺に胸深ぶかと朝の気を吸ふ

マカロニを炒《いた》めつつ母の身振りせる妻は漸く三十路過ぎたり

世のために尽し来しとは思はねど吾が身の上に恵みの多き

霜月の根室

誰が見ても心のこはばりあらはなる我《われ》が恩師へ筆の拙さ

薄氷張りたる沢の朝風にサイロの香りほのかに流る

霜晴れの牧辺の丘ゆ見る沖に白く浮き立つ国後の山

花咲の野に陽《ひ》は落ちて紫の雲寒汐《さむしほ》に拡がりゆける

さいはての地に育ちたる吾子は先づ牛と烏の声覚えたり

漁期終り季節労務者根室去り空箱載せたるトラックは行く

霜月の根室日暮れて駈け足の馬車の馬蹄《ひづめ》に火花閃く

ナナカマド寒空に映ゆ赫々《あか》と釧根原野に日は沈みつつ

しばれる

晴れし朝霜柱立つ沢渉る三羽の鶴に師走風吹く

寒き夜を煽られにつつストーブはまたがうがうと燃えさかりたり

粉雪を闇に吹き上げ海風の荒《すさ》ぶ根室の巷しばれる

ニムオロをシャモに追はれて滅びゆく民に星空冷かりけむ
（ニムオロは、「根室」の語源で、アイヌ語「樹木の茂った」と云ふ意味）

凍つきたる窓にお日さま画く吾子の人差指に温《ぬく》き夕闇

流氷の地

下痢の癒え間もなき吾子に手を振りてひとり旅発つ流氷の地へ

妻と子を都に残し離陸せり雪の山脈《なみ》心細さよ

旅終へて凍てし林檎を噛りつつ妻子残せる都思ほゆ

寒空に鷗《ごめ》は輪舞し半月の徐々に冴えゆく雪のたそがれ

碁会所ゆ帰る坂道凍てつきぬ踏みしめ歩く雪の明りに

終焉を確め診むと開きたる姥の眼瞼《まぶた》ゆ涙ひとすぢ

セロリーの凍らぬこつを聴く吾に身重の妻の電話か細き

寒き朝都の妻子想ひつつ裏の雪掻く背《せな》に汗して

凍原

助教授の職を辞退しはや三年僻地に貧しき医療つづくる

寒明けの根室の沖に流氷群白くひかりて圧《お》し迫るなり

樹氷咲く白樺の肌閃々と赤き夕日は原野に沈む

流氷に埋れ久しき根室港こまい釣る人蠢めきてをり

激励の電話する吾にはにかめる妻の陣痛今日か明日《あした》か

粉雪の逆《さか》巻く夜の凍《いて》原に滅びゆく民の呻吟《うめき》籠れる

流氷の群に粉雪降り積り国後島に陸かと続く

流氷に港閉ざされドック入りの船の底側に西日冷たし

雪融け

港去る流氷群の罅裂目《ひわれめ》に揺るる海の面《も》青々として

海鳥を載せて岸壁離れゆく流水片に淡き夕映え

流水群去りたる朝の海原にかすみて淡き雪の国後

やちばうず現れ出でし雪融けの沢にかそけきせせらぎの音
（「やちばうず」は北海道の方言で、春先になると草本植物の根元が沢地に盛り上って坊主頭の様に見えることを言ふ）

女児出生我が家の園にまた一輪紅梅の花咲ける心地す

第三抄

春陽

待つ子らの面影浮かぶ雲海を遅々と南下すわが旅客機は

久々に吾子連れ歩く公園に春の都の陽の暖かさ

桜花境内に満つ忌明けの寿子は淡き空もまぶしむ

吾が発ちて間もなく寿子笑み初むと産後の妻の追伸を受く

都より病む吾子の処置乞ふ妻に腹痛告げず受話器置きたり

窓越しの日射し漸く春めきて根室港に蟹の陸揚げ

初夏

霧の沢雲雀囀り咲きそめし水芭蕉の上低く翔《と》びたり

霧晴れて根室市街の屋根屋根の赤青緑初夏の日に浮く

白樺の木々の梢に初夏の日の模糊と霞めり釧根原野は

荒れ果てし花壇に一輪蒲公草《たんぽぽ》の咲けるは初夏に入りしなるらし

雨漏りの音に目醒めて寝つかれぬ夜ふけに独り碁を打ちてゐる

忙しき昨日《きぞ》の診療想ひゐる朝寝の床に五月雨の音

鮭の骨辺肉《あら》を首振り突つき明け烏漏れたるトタン屋根跳び歩く

入梅

霖雨《ながめ》雲オホーツク海に去りし日に妻子ら迎へに汽車に乗り込む

妻子らを連れ来る日まで蒲公草《たんぽぽ》の花よ根室を彩りてあれ

夜雨明けて雪まだ残る国後に蒼き浮き雲かかれり薄く

梅雨入りの不安の空を妻子連れ吾は戻れり霧深き地へ

急降下鳴の羽音の凄じさ濃霧晴れざるニムオロの朝

雨脚に暗く消えたる羅臼岳雲の頂に稲妻光る

盆祭

盆踊り弾む若衆の樽太鼓浴衣に霧の湿りゆく宵

手拍子も漸く揃ひ盆踊りする幼児に寒き霧降る

振り袖にズックの久仁子の盆踊りませて見えたり霧の巷に

叱りつけ寝かせし吾子を揺り起し飲ませしヤクルト冷え過ぎにけむ

教職に在《あ》る学友の暑中見舞難しき語句羅列してあり

哺乳瓶飲み乾してさへ乳首を強く吸ひたり生きなむ吾子は

月面に人の降《お》り立つ世となれどいまだ世界に殺戮絶えず

人類に踏まれたる月微《ほの》赤く霧の根室の明日は嵐か

草むらにハマナスの花開きたり霧晴るる日は暑くなりつつ

草むらにハマナスの花開きたり根室の街の霧の晴れ間に

夏祭

霧晴れて朝より暑き「原爆の日」を教会に鐘は鳴りたり

三歳の吾娘《こ》にせがまれて子雲雀を追ひゆく牧場の果ての落陽

流れくる笛の音《ね》漸くかろやかに金毘羅祭忙《せは》しく迫る

明日《あした》より金毘羅祭早仕舞ひせる若者の笛の音は冴ゆ

夏祭けふ限りなる笛の音の揺《ゆ》らぐ牧場に飄つめたき

道東の休日

秋の日の翳る湖畔に寄せ返す波に阿寒の光神秘に

母上の選《よ》りて買ひたるコロポックル阿寒湖畔の秋の想ひ出

バス降りて頬に冷き霧感じ見えぬ摩周湖を見むとつとむる

霧深く摩周湖見えざる展望台焼唐黍《やきたうきび》を買ひて戻りぬ

霧深き摩周湖めぐりて坂下るバスに居眠れり吾子膝に抱き

子ら寝かせ門限間近に宿を出てアイヌ工芸買ひに急ぎぬ

川原より湯気立ちのぼる雨上り家族旅行に朝を出で発《た》つ

背に温き陽光《ひかげ》を感じ買物に吾子の手を引く秋の休日

冬近し

釧根の原野に草を食《は》む牛に朝の日射しは秋を滲ませり

時雨上り往診車待つしばらくを赤紫の霧にたそがる

問診の長引くいらだちに耐へかねて吾は咳しつつカルテ書き続《つ》ぐ

弟ゆ贈られしクッキー割れながらさいはての地の朝霜に着く

つぎつぎに洗ひ積まるる大根は朝の陽光《ひかげ》に冷たく雫す

雪袴《もんぺ》にて大根洗ふ女《をみな》らの頰の紅潮《あからみ》朝ごとに増す

流氷の地に年越しを決意せる妻はさみづけ漬ける気になる

はさみづけに程よく干されし大根を茶口に妻と冬を語らふ

はさみづけに不足の鱒を吾子抱きて買ひに出づれば闇深まりぬ

まだ慣れぬ手つきにはさみづけ漬ける妻忙しく風呂にも入らず

ななかまどの実も寒々と曇り空夕餉の煙す根室市街は

玄関の前の荒地も見馴るれば朝な夕なを四季の色どり
霜降りし朝《あした》の原に花開く野菊の強さに心打たるる

寒き日

ガラス戸を開くるや朝の凩は居間の日差しを吹き揺りにけり
直美ちゃんに手ひかれ幼稚園へ行く久仁子見送る吾に少しはにかむ
逝く秋を惜しむ露店に茹で積まるる花咲蟹に人気《ひとげ》寂ぶしき

潮風に「夕焼け小焼け」歌ひゆく吾子の瞳に寒き月影

巷の夜を阿寒颪《おろし》は渦巻きて裸樹揺《ゆ》すりつつ唸り抜けたり

隣室に発熱の吾子臥床させ朝の紅茶を味気無く飲む

ストーブを焚けど底冷《そこび》えしるき夜半手洗に行けば雪の吹き込む

布団よりはみ出だし吾子熟《よ》く眠る吹雪く夜の夢見ざらましかは

吹雪きたる夜明けし街の青空を鷗ら軽く羽撃きて翔《ゆ》く

暮の一日

洗面器の舟はそのままと湯上がりし吾子パジャマ着て確めに来る

洗面器の舟沈みたるいきさつを吾子に話せり夢もたせつつ

風呂を焚く妻石炭を取りに行き吹雪を共に持ち込みにけり

四才の長女に背《せな》を洗はせて暮の一日を寛ぎゐたる

ひと昔前の気合に威勢よく餅つきたれど杵定まらず

はづむ息抑へ一臼搗き終へて疲れたるまま汗は流るる

搗き上げし餅それぞれに理窟づけ稚児もこぞりて丸めゐるなり

この年も大晦日となりにけり北溟高く七星は冴ゆ

初日の出

凍てつきしバスの窓越し朦朧と茜そむるは昇る初日か

国後島還るまで初日拝まむと骨ばみし翁バスに坐し居り

ノサップの初日拝まむ自家用車テイルランプを連ねて走る

あらたまの年の朝明け積雪の爺爺《ちやちや》山肌に茜みなぎる

初日待つ茜雲浮くノサップの沖に海鵜らくつろぎてゐる

海鵜らの遊べる彼方断雲を煌かせつつ初日は昇る

元朝のノサップ沖に海鵜らの遊ぶ彼方に太陽《おほひ》は昇る

「島よ還れ」の願をこめてノサップに初日を拝む齢《よはひ》重ねて

国境の海静まれる元朝に陽は燦然と昇りゆくなり

垂氷

冬至すぎし街の小路の垂氷《つらら》にも煤煙の染みめだち黄昏る

軒下に積もれる雪の眩しさに垂氷音なく落ちて刺さりぬ

曲折の多き根室の軒並を垂るる氷柱《つらら》に海風すさぶ

氷下魚《こまい》釣り

流氷面撫で吹く風に背《せな》を向け氷下魚釣る穴力《りき》み穿てり

円形に氷を穿ち吾が顔の映る海面に釣糸を垂る

流氷面撫で吹く風を背に受け氷下魚釣らむと立ちつしゃがみつ

細雪降る日氷下魚の食ひ悪しゴム長靴の底冷え上がる

空缶に焚ける炭火を貰ひたる吾も氷下魚を腰据ゑて釣る

弦弾《はじ》く手応ありて釣竿を上ぐれば大き氷下魚拗《ねぢ》れり

氷海に鉤《ち》を遁れむと跳びはねる氷下魚に粉雪降りかかりゐる

釣り上げし氷下魚も凍る海風に背を向けつつ釣り続けをり

春遠し

アノラックに身なり整へ朝寒《あさざむ》にスケートをする吾強張りて

積りたるリンクの雪を払ひ除け過ぎゆく冬の朝《あした》を滑る

烏啼く朝《あした》のリンク転びてはまた滑らむとす吾独りにて

沢野辺の雪深々と朝の陽にせせらぎの音かすかに聞こゆ

歩むたび軋めく雪の斑面《はだらも》に昨夜《よべ》の寒さを沁沁と観る

弥生

はさみづけ今日で終りと言ふ妻の皸《ひび》あれの手よ冬長かりき

おさがりの玩具ありたけ湯に浮かせ満一歳の吾子と湯に入る

独り歩きまだできぬ吾子一歳の祝餅背負ひ確《しか》と立ちたり

流氷の地に一歳を迎へたるチャコの笑顔に春にほはしく
（チャコは寿子の愛称）

しっかりと握れる玩具奪はれて泣く一歳の吾子も人並み

歩行機を思ひのままに乗り廻し敷居越え来る寿子一歳

弥生空吹雪の夜半を一歳の寿子布団ゆ出でて眠らず

流氷群大海原に押し遣られ弥生の空にまた吹雪来る

寒き夕

トラックの往きしタイヤの跡堅く凍てし路面に西日射すなり

活栓を捻るや水の音の冴ゆ風呂入らぬ身に寒さひとしほ

次女三女殊更に褒めテレビ見入る長女を風呂に入れなむとしつ

次ぎつぎに吾が子を風呂に入れ終へて湯槽に父を味はひてゐる

第四抄

妻と子

ふるさとに妻子を残し帰りたる根室の春の夜風冷たき

牧の辺の窪地に雪の残るまま草はさつきの色に萌えそむ

薄曇り雲雀の声に明けにける牧場は草の緑まばらに

故郷に残しし妻子想ひつつ温みくる湯に独り寛ぐ

便秘勝ちになりしこの頃ふるさとに残しし妻の手料理を恋ふ

三日後に会ふと知りつつ吾子のさま長距離電話につばらかに聴く

子雲雀

朝晴れにふと見つけたる雲雀の巣雛の生毛は風にそよげる

雛雲雀示指に撫づれば柔かき生毛の下の肌の熱さよ

触れられし雛雲雀三羽潜り合ひ眼を閉ぢしまま踞りたり

ひたすらに生きむとすなり雛ひばり山吹色の嘴《くち》拡げつつ

親ひばり巣の中空に羽撃きてやや離れたる畦に降り立つ

吾が視線意識しゐむか親ひばり巣の中空をしきりに飛び交ふ

親ひばりひたすら鳴きて小きざみに低空飛びつつ巣を窺へる

一夜へて巣に近寄るや雛ひばり嘴拡げ吾に餌を乞ふ

眼を閉ぢしまま雛一斉に嘴拡げ舌打つ吾に餌《ゑさ》を乞ひゐる

霖雨降る牧場の隅に親ひばりひねもす雛を抱きをらむか

鳥らしく体毛整ひ雲雀の子巣に踞り身じろぎもせず
雲雀の子今朝また見むと急ぐ沢に白犬連れたる男に会へり
伺ひて見れば子雲雀をらずして巣に残れるは白き糞一つ
失へる子への未練か親ひばり巣を遠歩き啼く声低し
子ひばりのなき巣にせめて水芭蕉捧げ帰りつ朝霧のなか
たんぽぽの咲きはじめたる牧場は春過ぎにけりそこはかとなく

霧笛

蒲公英のさかり過ぎたる花咲の野に啼き飛ぶは何鳥ならむ

日一日深まる霧にたんぽぽの白き冠毛ひそやかにして

遥かなる霧笛よ濡るる外灯の暈青白く根室更けゆく

霧晴れしニムオロの空鷗翔《ゆ》く海よりの風冷涼にして

妻子らに会ふ日指折り数へゐる幼さに吾独り苦笑す

進物の鮭に塩濃くふりかけて妻子らを待つ留守居の吾は

大久保伊勢松翁の死

白内障の翁は天井見据ゑつつ「飯《めし》のみこめぬ」と喉しぼり言ふ

口悪《あ》しき看護婦に「疾《と》く世を去れ」と言はれし老軀痩せやせるのみ

「お祭の見舞金よ」と知らさるも痩せすぎし翁の口は動かず

「見舞金でおむつ買へるよ」と看護婦は糞尿失禁の翁に告げたり

お祭も今日を限りの笛太鼓病臥の翁の耳に虚しき

看護婦に髭剃られたる八十翁出でざる声に謝意を表せり

訪ね来る人なきままに病褥の八十翁はひっそりと逝く

褥創の手当もむなし八十翁つひに歩めず人の世を去る

身寄りなき孤独に耐へし八十翁遺す言なく黄泉に発《た》つ

臨終に立ちあひし朝はやければ気晴らす牧場に黒き蝶舞ふ

金毘羅祭

金毘羅祭霧降る街を威勢よく御輿かつぎて若衆は往く

お祭の山車《だし》見むと子ら霧寒き午後嬉々として吾を促す

タイガーマスクの大き山車ゆく金毘羅祭電線綱をくぐり抜けつつ

金毘羅祭に植木を三鉢買ひ来たる妻は三十路の落ち着きにあり

霧

茂る葭盛りをすぎし沢の上を鳴啼き渡る霧深き朝

あざみさへみじめに見ゆれさい果ての原野に立ちこむる霧深くして

逝く夏のあしたを惜しむ沢の辺に草食む白馬《あを》は霧に濡れつつ

秋の冷気

朝露の沢清しきに草むらのハマナスの朱美《あけみ》をそっと触れみる

龍胆の花咲く丘ゆ見はるかす青き国後還らざる島

ちぎれとぶ雲の陰影野を駆けり肌《はだへ》も寒き朝となりたり

枯草にそよぐ風さへうとましと妻は根室の冬を歎かふ

龍胆の花美しき花咲の曠野をわたる風の冷たさ

枯れし野はばったの音《こゑ》の日々《にち》に弱まりにつつ寂寥ふかむ

霜枯れに堪へゐる野菊の花びらに露燦々とひかるひととき

次女の七五三

落陽に尾花靡かふ釧根の野辺に半月ひかりましつつ

指しゃぶるくせの直らず七五三迎へし睦の振袖姿

植ゑかへし野菊とともに三年目《とせ》の根室に次女の七五三祝ふ

七五三のポーズきまりて次女睦突如泣き出す照明のなか

御祓を済ませ社の境内に次女千歳飴ひきずりて出づ

千歳飴提げ境内を往く子等を背景《バック》に三歳の睦を撮す

母の好む月桂樹の葉の香り良きカレーライスは妻の味なり

吾子

冷えしるき夜汽車に吾子の寝姿を想へば遅し狩勝二号

単調なる生活ながら吾が子らの成長著きは日々の潤ひ

ままごとの役きまるまで摑み合ひし子らはやさしき声交しあふ

氷下魚漬のしぶ味に冬をかみしめる子らに囲まれ温《ぬく》き夕食

子ら寝かせひと日想へる長椅子に眠気促す石油ストーブ

さいはての漁の街並たそがれて荒ぶ粉雪泥道に滲《し》む

根室の師走

仕舞ひ置きし背広を着れば冷たさの肌に透れり師走の朝は

軒下に落ちし雪崩の地響きに午睡阻まれ空の眩しさ

スケートに頰紅らませ根室っ子育つひねもす師走風吹く

凍つきたる粗き路面に暮れ方の赤き満月照り渡りけり

孫を想ひ模型の樅と色電球贈り給へり山陰の父母

樅の木を飾りてはしゃぐ吾が子らの伸びゆく姿父母にみせたき

クリスマスイブに「タイツをさげてよ」と五歳の長女寝床に入りぬ

齢《とし》の順に吾が娘《こ》の髪を梳き結び妻忙しき年の瀬の朝

凍て道に犬の遠吠え細くひき吾が行く方にあけの明星

初日影

結婚後十年を経て納沙布に妻と初日を拝む清しさ

初日待つ納沙布庵に握り飯摂りて寒風ひととき避くる

水平線の厚き雲より初日の出待つ間を納沙布の風は肌さす

初日影厚き雲間ゆ海原に御光さしたり人びととよむ

樹氷咲く金毘羅神社の境内に巫女の酌む屠蘇喉を浄《きよ》めぬ

笑ひこけ遊ぶ幼き娘らに入りたる吾も笑ひ満ち足る

吹雪く夜に何かそぐはぬ心情の学兄の文《ふみ》また読みかへす

雪積もり車減りたる大道を歩み想ふは自然の恵み

楽しかりし今日を睦は覚えたる言葉尽して吾に語れる

楽しさを瞳《ひとみ》にこめて三歳の睦は語れり今日のひと日を

氷下魚

流水群切岸はなれ漂へり国境の海風はきびしく

週一度リボンフラワー習ひては妻冬長の部屋を飾れる

張りつめし流氷ゆるむや根室港氷下魚《こまい》大漁四、五日続く

氷下魚干すけふの日盛り風はなぎ車往く路雪融くるらし

学芸会

学芸会開門を待つ子らとならび軒端の氷柱《つらら》数へみるなり

流氷の街に華やぐ学芸会厚き化粧に園児ら踊る

冬長き漁業の街の親達の期待にこたへ園児は踊る

踊り終へ坐席に戻る園児らは頰紅薄く残したるまま

ブレーメンの音楽隊の児童劇熱演の声マイクを通らず

流れくる厠のにほひ気にしつつ狭き坐席に吾娘の舞台待つ

ピアニカをリズムよく奏《ひ》く園児らの頰のふくらみ和む冬の日

主役なる幼稚園児は腕を振り足踏みならすもマイク高すぎ

吾娘五歳《いつつ》巧みに踊る「花影」に妻はそぞろに手を振りにけり

二歳の寿子

五目ずし皿盛り残らず食べ終へし二歳の寿子を祝ふ雪晴れ

まる描きて「顔よ」と吾に示したり二歳の春を迎へし寿子

二歳《ふたつ》なる寿子はひとみ輝かせ「絵本読んで」と吾にねだれり

襁褓不要になりし末の娘《こ》日一日自我を通さむ意志顕にす

めずらしく吾に背を向けおとなしき二歳の寿子針もてあそぶ

「乗りませんか」の声有り難く断りて吾子と泥道歩く夕ぐれ

学童の造りし雪のジャンプ台崩るる沢に冬を惜しめる

鉢植の山椒芽ぶく朝早にはればれと妻戸口掃き居り

沢の雪日まし融けゆく清流の音のたかぶり朝の陽に冴ゆ

雪消えて陽光ゆらぐ泥水の流るる坂に冬逝かむとす

順番にたうもろこしを食べ終へし子らの生命《いのち》を照らす冬の陽

第五抄

残雪

捨てられしストーブの灰《あく》の湿り気のほのかに匂ふ雪融けの日は

沖はるか流氷去りて残雪の牧場に黒駒二頭放たる

残雪の牧場に草を食む馬の褪せしたてがみときに靡かふ

根室沖ゆ影潜めたる流氷群またも寒波に乗りて寄りくる

残雪の牧場にとほく国後島かすむ朝《あした》をひばり鳴き初む

学兄の便り跡絶えて久しかるあしたの沢に款冬花咲く

夕霧に土かぐはしき郊外の荒れし畑に款冬花咲く

沢渡る風にさからひ鶺鴒か一羽とびゆく残雪の朝

雪突如雨に変れる春の夜半雷鳴しきり家を揺るがす

妻の焼きしクッキー子等と頬ばりて長かりし冬かへりみるなり

焼きたてのクッキー喉にとけゆけば皆健やけき悦びの顔

泣きやすき娘《こ》の入園式に付き添ひし妻成功を華やぎて言ふ

「睦ちゃん幼稚園で二度泣いたよ」と久仁子は姉の分別に告ぐ

「ごちそうさま」と口もとを拭く三歳の睦は頬に汚れを移す

沈黙に次ぐ沈黙の後放たれし言の葉故か気に障りたり

妻聞きし近所の噂吾が家庭妬む他人の中傷ならむ

苗木

鉢植ゑの山椒「春の香りよ」と三歳の吾子は妻の風情す

根室路は五月晴れにてほっそりと咲けりたんぽぽ浅き緑に

昼すぎの五月の空かいぶかしき苗木選る間も粉雪の舞ふ

夕食にラーメン子らと約束し苗木買ひたり寒き街にて

腹痛の子に最善の処置をせく親は吾が説く注意を聞かず

設備よき病院に子を移したしと言はれ戸惑ふ検査なかばに

寝そびれの娘を叱り初夏の夜半医書めくり飲む茶のにがさ

団体列車

窓際の吾を無視して団体の婦人ら菓子のやりとりしきり

多弁家に調子を合せ婦人らの笑ひ絶えざり団体列車

待つ夫の心配話に婦人らは旅の疲れを癒し合ふらし

団体旅行終へたる婦人らやすらへり郷里《ふるさと》の漁場に手荷物おろして

花まつり

釈尊の降誕祝ふ笛太鼓根室の街《まち》の夏をひらきぬ

たんぽぽの花に埋れる漁の街釈尊祝ふみどり児の列

先頭に仏教旗もつ青年は口を「へ」の字に結び往くなり

仏教旗につづく僧侶に笛太鼓はりこの象に園児らの列

紙製の冠戴き園児らは小旗うち振り釈尊祝ふ

釈尊の降誕の日を高らかに唱ひ園児ら街練り歩く

三千年の昔を唱ふ園児らの未来開かむけふ花祭り

殺虫剤ふりかけすぎし鉢植の薔薇にも蕾つけたる悦び

ままごとに吾娘の手折りし黒百合を妻はコップに生けてみせたり

荒れし野にふとみつけたる鈴蘭の青きつぼみに明日を想へり

投げ入れの鈴蘭ゆれて斉唱の子らと夕べをひとときき過ごす

初夏《はつなつ》の陽炎のたつ牧場にひばりは高く鳴きつづけたり

地方棋士早勢勝美五段を悼む

棋道誌の一行なれど「早勢棋士逝去」を悼む霧深き夜や

急逝の棋士をしのびて沈々と夜霧に独り追悼碁打つ

酷寒に耐へてひたすら囲碁の道弘めし棋士の命はかなく

病弱を悟れる棋士の一筋に囲碁に生きたる姿惜しまる

忘れものなきやと吾の背後より声掛けくれし棋士は今亡き

第二位の想ひ出深き賞状に逝きたる棋士の筆跡をみる

われ独り争碁ひもとき力みては打つ石音に心緊まる夜

打ち終へて囲碁の勝負の情念を抑へつつ問ふ先づ職業を

根室路に吹く風冷たく枯蕗の葉音に過ぎし夏をかなしむ

長距離電話

われ先に長距離電話受けし子ら返答同じく健やかを言ふ

電話口に邪魔する子らを叱りては妻は実家の単調を歎く

夏たけて留守居に歌ふ童歌声上ぐるほど迫る孤独は

急用の長距離電話に吾子の声聴かず切りつる夜の長さよ

嘴を茜に染めて孤影ひき鷗は雨後の汀をあるく

花咲蟹茹でるにほひの夕凪に友を見送る駅前の道

領海晴れて

座礁せし日本船は放置さる納沙布の沖ソ連領海に

ソ連兵の監視絶えざる昆布漁に命かけゐる執念の民

秋晴れてクナシリ島の山近し領海狭き野付水道

赤白のまだらの塔ゆ昆布漁を監《み》る兵士にもふるさとあらむ

納沙布の秋日の本の領海に還らぬ島の影はさやけき

七五三

三人の吾娘の好みの振袖に七五三祝ふ日野菊庭に満つ

七五三の着物に得意の三歳の寿子は間口を出でて転べり

山陰の父母にみせたし七五三詣づる吾娘の揃ひの姿

七五三の帯窮屈に三歳の吾娘は時折り深く呼吸す

神木の深き緑にななかまどの赤き実は映ゆ七五三の日は

幼児ら賑はふけふの境内に粛然として神木御座す

七五三の御祓ひ終へて境内に佇てば港の烏賊漁船見ゆ

十月の午後の冷き境内に僻地根室の七五三撮す

七五三を祝ふ写真に吾娘たちの秘めし個性を妻と楽しむ

吾娘

飯鮨用の笹採りにゆく朝晴れの沖にはるかにひかる羅臼岳

霜月の沢辺に咲けるたんぽぽの茎のほそさよ地にすがるごと

上の娘《こ》の留守には寿子意のままにリカチャントリオで遊び居るらし

独りにて遊べる吾娘は「人形の髪梳かして」と櫛を持ちくる

「チャコの顔映っている」と吾が瞳みつむる寿子は二歳八ヶ月
（チャコは寿子の愛称）

幼稚園帰りの姉を窓越しにみつけし三女は玄関に急ぐ

幼稚園にて習ひし「とんぼ」を歌ひつつ手つなぎ帰る久仁子と睦

平穏に子ら健やけく寒き日も茶柱の立つ夕食楽しき

習字塾にて吾娘の書きたる「ふゆ」の字を居間に貼る宵初雪は舞ふ

故、小鷹光博翁を悼む

痛む肩もう一度癒し盆栽に生きたしと翁吾に処置乞ふ

変形性肩関節症の老人は植木に心遺《のこ》し世を去る

盆栽に余生たのしみし老人は再起の鋏握れずに逝く

盆栽に余齢を生きし翁逝くビニールハウス破れたるまま

破れたるビニールハウスの盆栽にすさぶ海風日々に厳しく

大年

沢の辺に建つ家々のアンテナに冬烏啼くいぶかしむかに

凍てつきし道ぬかるみに変れりと住み馴れし人暖冬を嘆く

義兄上《あにうへ》に貰ひし万年青《おもと》の実は朱らむ年の瀬迫る厳寒の地に

磨硝子の割れし破片を轢けるかに轍《わだち》残れり凍てつきし道

クナシリもエトロフ島も日本に絵取れり丸井商店の暦は

根室とは思へぬけふの温とさよ標飾り終へて除夜待つゆとり

大年の名残りに暮るる東に時々刻々と満月は冴ゆ

大年の仕事納めむ庖厨に妻卵焼くごま油かをれり

希望の年

この四月小学に入る吾娘《あこ》と来てノサップ岬に初日を拝む

小学に入らむ望みの吾娘高く抱き上げノサップの初日拝ます

ノサップの初日詣でてバスの帰途沖の雲間に虹のかかれり

厳寒の地の元朝に生けられし小米桜はテレビの上に

たきすぎのストーブ熱き部屋を出で仰ぐ夜空に七つ星冴ゆ

寒干しのあぶらこ丁度食べごろを橋本翁は届けくれたり

雪原に陽は赫々と沈みゆき寒さひとしほ流氷近し
吹雪く夜は白き絨毯煽られし凄じさに降る街角の灯に

氷祭

テレスドンの氷像のもとにはしやぎゐる子らを率《ひき》ゐて来たるよろこび
氷祭の群衆の行方うかがへる腕白小僧は高き砦に
氷像に囲まれ子らはたうきびを噛り童話の国に入るらし

光陰に命の限り輝ける氷祭のピリカメノコ像

燦々たる氷造りの五重の塔釧路の冬を彩りて建つ

節分に撒かれし豆を部屋隅にみつけて吾も嚙みしめて食ぶ

昨夜荒れし吹雪去りゆく風の声さいはての地の憂愁に消ゆ

外窓に吹きつけられしどかゆきは視野さへぎりぬ暗き茶の間の

（「どかゆき」は北海道の方言、大雪の意味）

春雪

春めきて人影もなきスケート場崩るる沢に雪まだらなり

雪多き冬にはあれど流氷の季節短く春に向かへり

ひたすらに薄き命を詠みつづけ逝きし歌人を偲ぶ春の夜

駆血帯しむれば硬き静脈は老婆の腕に浮けり拗れて

内気なる吾娘の答辞に卒園式無事終れりと妻はくつろぐ

贈られし品々に身を装ひて入学前の久仁子姉らしく

第六抄

早春

枯草のもとに芽を萌《ふ》くまごやしの生命力に残雪は消ゆ

残雪も消えし牧場はひといろの枯草のもとうまごやし萌ゆ

沢の瀬にまぶた閉づれば早春の清々《すが》しさやせせらぎの音

芋粥を食べつつ想ふ敗戦後の餓じき幼時の日々の食卓

お使ひの帰りに吾娘は蕗の薹摘みて来にけり霧のたそがれ

蕗の薹コップに活けて連休の明日のプランを子らと語らふ

海風の頬に冷き東梅《とうばい》の磯のすがしさ初潮干狩り　（東梅は地名）

潮干狩り浜の艀の残骸に開けし弁当に砂子《いさご》吹き入る

蕗狩り

招かれて遠路を来たる庭先に寄せ植ゑてあり鈴蘭の花

コロポックルの伝説偲び吾が子らと大蕗かざしおどけ合ひたり

蕗わらび露天にゆでるやすらぎに東遠野《ひがしとほの》のたそがれの雲

（東遠野は釧路市郊外の地名）

山にさへ残り少き椎茸を手土産に君は見送りくれし

精いっぱい山の香りのもてなしに疲れて子らはバスに居眠る

牧場に堆積されし蟹骸の悪臭籠《こも》る濃き朝霧に

叱りすぎて今宵はなぜか落ち着かず吾娘の寝顔をそっと行き見る

子の心解けず叱りしかたくなに気づきて吾子にシール買ひ来る

草花薫風

水芭蕉背景に撮るお揃ひの吾娘の赤服沢の瀬に映ゆ

「お母ちゃまのみやげ」に土筆摘む子らにほの暖し正午《ひる》前の陽は

沢の辺に子らひたすらに土筆摘む昼飯告げる吾を無視して

天稟の悪しき匂ひに身を衛《まも》り黒百合の花湿原に咲く

汚水道の傍《かたはら》に咲く黒百合の花は悲しき宿命にして

沢の朝霧の深みにひっそりとつぼみ濡れたりたんぽぽの花

霧晴れて沢に牧場に充ちわたる陽光《ひかり》待ちうけ蒲公英ひらく

白樺の若葉樹肌にきらめける陽光漸く初夏に入る

雨上りたんぽぽの花満開の市街《まち》に薫れる風は磯より

羅臼岳根室の沖にかすみゐて牛泰然と若草を食む

五月晴れ観測気球は上昇しかすかに揺れつつ西風に乗る

つやの良き赤毛馬《あかげ》は時折肩胛挙筋痙攣させつつ若草を食む

清貧な僻地医療に打ち込みて「医道」を学び四年半過ぐ

砂原美智子リサイタルにて

ソプラノの歌手のリサイタル聴く吾娘は時々耳を手にて塞ぎつ

古びたる公民館の隙き間よりソプラノ歌手の声透るらし

喉に入りし夏虫も記憶にとどめむとソプラノの歌手口上を述ぶ

四半世紀究めつくせる声すべて出し尽すかに歌手のソプラノ

数百回歌ひし曲も新鮮に聴衆を打つやせたる歌手の

霧深き沢に鳴きつつ郭公の声うすれゆくいづこともなく

年齢《とし》よりも幾分若く誂へし背広の我に不惑は近し

沢の瀬によこのみ掬ふ童《わらべ》らの手に七月はひかり滴る

知床めぐり

列車待つ厚床駅の深霧に子ら宥めつつ握り飯出す

霧晴れし開拓農地に馬鈴薯の白き花々淡く拡がる

蒸気噴く湯の沢郷に夏昏《く》れて硫黄ふくめるこぬか雨降る

遊覧船ゆ鷗も見えず濃き霧に流しつづけり「知床旅情」

知床の岬廻れば濃霧《ガス》晴れてオホーツク海に山迫り聳《た》つ

断崖と絶壁続く海際の窪地にひとつ見ゆる番屋か

邦の果ての夏青黒き海岸線カムイワッカの滝の白さよ

天都山の日当りの良き中腹に子らと連坐し焼きいかを食ぶ

ほのぐらき水簇館に狼魚人を喰ふかに歯むきて泳ぐ
（狼魚はオホーツク海にのみ棲息すると言はれてゐる魚の一種）

展望台ゆ見おろす摩周湖霧流れ切れ間かすかに青むは水面《みなも》か

霧の飛ぶ摩周湖にひかるさざなみに伝説の島見えつかくれつ

霧晴れて摩周の湖心に藍深く透る碧水涯《ほとり》ぼかせり

積まれある丸太に妻子と腰休めトマト食べゐる弟子屈駅前

秋の花

龍胆の花をバケツに移しつつ沢ゆ帰りしと妻は微笑《ほほ》む

子らのため蝶の標本作らむと構へし針に指震へたり

全肢を振り抵抗しきり針先に小さき蝶の命おもへる

秋の花咲きつくしけむ熟れのこるハマナスの実の朱《あか》きたそがれ

凩吹く投票帰りのつれづれになかまど一房折りて来にけり

運び来し妻の手製のシュークリームの讃辞気儘に吾は受けをり

臨終を告げ来し吾の処置想ひぬるめる茶飲む居間にむなしく

つるうめもどき藪にみつけしときめきを姥は告げたり廻診時の吾に

あきあじの漁期に入ればニムオロの空は晴れゆく冷えまさるらむ

あきあじ祭

樹木うつる別当賀川の源流に静かに息《やす》むあきあじの群れ

産卵を終へて群れなすあきあじの鼻潰れたる姿あはれむ

本能と言へどかなしきあきあじは生れし川にさだめにて死す

あきあじを煮る大釜ゆ湯気立てばいよいよ賑はふ別当賀の森

スチロール容器になみなみ注《つ》がれし「あきあじなべ」を吹きては啜るさむしろの上
（「あきあじなべ」は「石狩鍋に似た吸ひ物の名称」）

摑みどりしあきあじ両手に差し上げゐる吾を巧みに妻は撮りたり

酒に酔ひ仮設舞台に這ひ上がり歌ふ男ありあきあじ祭

あきあじと酒に酔ひつつ若衆は独り舞台に歌ふどら声

ほろ酔ひのやん衆の歌ふ追分に更けゆきにけりあきあじ祭

（「やん衆」は北海道の方言で出稼ぎ漁夫のこと）

夜雨避けて部屋に吊しし半乾しの烏賊は整然と螢光放つ

晩秋の札幌

馬鈴薯にバターの溶けしを娯しめり正午《ひる》のひととき藻岩山荘

秋更けし藻岩の山に佇めば石狩平野に夕日眩しき

蒼々と水湛へたる支笏湖の波立つ夕べ山もみぢ散る

秋晩き風不死岳に日はかげり遊覧船のしぶき冷たき

北海道神宮詣づる吾に子らは赤きオンコの実をせがみつる

オンコの実熟れし道庁の庭園に若き男女避け妻子らを撮る

黄葉散る朝の中島公園の太鼓橋渡る子らと辷りつつ

若かりし日の情熱を想ひつつクラーク博士の胸像を視る

札幌の歴史刻める時計台に初雪淡しビルの谷間を

風雪に耐へつつ蝦夷地を拓きたる辛苦百年記念塔聳《た》つ

皓々と初雪降れる百万都市札幌を眺《み》る開拓記念塔ゆ

西村英夫同人、「歌会始め」詠進歌入選を祝ひて

神楽笛の奥儀の音色冴ゆるごと詠進歌入選の君を寿ぐ

詠進の君が御歌は宮中の雅楽に和して誦ぜられけむ

白鳥

風蓮湖なかば凍りて東雲《しののめ》に白鳥の群渡り来るらし

白鳥の親子寄り添ふ初冬の風蓮湖面に逆光眩し

白鳥の一つはばたき有明けの湖面に氷雪の月は揺れたり

ままごとの料理つくりに余念なき吾娘は「母ちゃまのようになるのよ」

鏡見ず訪問着の帯結びつつ妻は中年に入りしを愁ふ

不惑の年近きを想ふ哀愁のテレビドラマに涙怺へつつ

対《むか》ひ風を巧みにかはし裸木の梢にとまるは慈鳥のゆとりか

「どげな」と問ふ長距離電話の一言で母に気持が通じたるらし

（「どげな」は出雲地方の方言で「どうしてますか」の意味）

荒れやすき根室の巷に沁々と雪降る今宵なにかもの憂し

病む人を溺るるものに譬ふればわれ藁医者かさいはての地の

吹雪

吹雪く夜に怯ゆる吾娘は寝つかれで欲しくもあらぬ水を求むる

吹雪衝く吾が眼瞼《まなぶた》の痛むほど烈《つよ》く当れり雪の小片

吹く雪に向ひてゆけば眼瞼に溜まりし雪片とけて眼に入る

吹雪く道チェーン響かせダンプカー速度落さず吾を掠めつ

後輪の鎖切れしままダンプカー吹雪く道急《せ》く吾のすぐ傍を

軒下の吹雪溜まりを掻くわれの頭触るるや垂氷背に落つ

厳寒の夜は煙突に雀らのこもるあはれさ煤にまみれつつ

厳寒の夜を煙突に明かしたる煤けし雀ら塵芥《ごみ》溜めに集《よ》る

吹雪き明け旭にひかる積雪の表面硬く滑りやすしも

信号機降りゐる架線の音は冷ゆさいはての駅雪の明りに

打つ波の姿残れる凍て海にたそがれ淡し雪のクナシリ

ベトナム和平

世界平和の真の端緒を願ひつつベトナム和平のテレビニュース聞く

太平洋戦の二倍の爆弾ベトナムに落しし米軍冷然と退く

和平成り弾雨止みたるベトナムに主義思想越え空は晴れむか

ベトナムに和平成りたる心地せぬ政府軍と解放軍にらみ合ひゐる

純朴の民を手玉にとりしかに為政者らは一つのベトナム分つ

別離

待ち侘びし春の日ざかり花咲の養老院に君を訪ねつ

養老院の窓透す陽に五分咲きの福寿草の黄も話題に上る

独り身を書画に打ち込む老翁の瞳動かず究理に凝りて

養老院に新たな友を得し君の詠み綴る歌に生き甲斐を見き

花咲の野辺を詠ひて美しく老けゆかむ日々の君を想へる

惜別の根室の沖に漂へる流氷明日の行方知らざり

水芭蕉の季節間近に住み馴れし根室去る身も宿命《さだめ》ならむか

見送りの顔の翳れる眼瞼《まなぶた》に涙重たく車窓《まど》越しに立つ

離れゆくプラットホームの友朋に頭下ぐるや熱涙は落つ

第七抄

苦吟

苦しみを歌に詠むには苦労なき吾と思ひつつ診療に励む

食欲のままにひと口食べすぎて翌朝の下痢に自信失せたる

体調の衰ふ兆《きざし》か腹痛と腹鳴につぎ早朝の下痢

あかつきに急患を診てひと寝入りせむと思へば急患のベル

緊張性頭痛覚えて夜十時開業ひと月めの診療終はる

眼底に強き痛みを覚えつつ診療合ひ間に医学書を読む

病む人を癒す使命を忘れざる開業医に我生きぬかむとす

急患の絶えぬ開業ひと月め顔に浮腫感覚え歯磨く

ひとすぢに吾は医道に打ち込まむ苦しき歌の心求めて

光化学スモッグ

残りゐる木立を渡る雀らのやすらぎもなし光化学スモッグ

浮き雲の白さ眼に沁む旧盆の空は光化学スモッグ霽れて

焼却炉の煙突にとまり油蟬狂ふが如く鳴き続けをり

診療に疲労せし眼を暮れ方の空に遊ばす思ふことなく

刻一刻変貌美《は》しく寄る雲を薄くれなゐに閉ざし夕立つ

狭けれど窓を開くれば涼風に月の影さす吾が新住《にひ》まひ

椿の実二つ摘み採り朝の道吾子と駆けゆく風のすがしさ

故、丸茂要五段を偲ぶ

流氷の姿に似たる丸茂氏の棋風幽玄に溟海に消ゆ

爺爺岳の噴煙止まぬ暑き日を君は黄泉に手談交すや

盂蘭盆の樽の太鼓は夜の霧を霽らさむほどに打ち継がれたり

団地祭

幼児の夢を育む団地祭宵の太鼓はビルにこだます

団地祭の花やぐ宵や乙女らの振り袖姿に盆踊り歌

団地祭の宵に轟く盆太鼓江戸の情緒を刻みつづけて

団地祭の宵の太鼓に乙女らは振袖姿にぎこちなく踊る

団地内の空地に揺るるぼんぼりに笑顔を染めて乙女ら踊る

録音の音頭に合はせ太鼓打つ桴のさばきも時の流れに

夏休み残り二日を宿題の仕上げに久仁子は吾が似顔画く

慈雨沁みし白衣のままに外来を診終へてけふの雨量想へる

孟秋

残暑流す夜雨に目ざめて肌寒さ子らの寝部屋の窓閉めにゆく

片づけゐし物置の隅にみとめたる昆布に想へり納沙布の海

往診を終へて深夜の雨あがりこほろぎの声甲高くして

壁にむかひこほろぎ頻りに跳びつけり天賦の力出だし尽して

ひとりだにおとづるる友の気配なく連休に数人の急患を診る

新しき生き甲斐にたつ菜園の写真の君の笑みに老いなし

敗戦に歌道も荒ぶ山陰に身を捧げたる父の歌碑建つ

（父、霞舟の歌碑建立を祝ひて、以下六首）

いしずゑをたづねし苦労に磨かれて霞舟の歌碑はみやしろに建つ

湖笛会有志の意志の結晶に刻まれて建つ霞舟の歌碑は

秋日和吟ずる声の高まりに霞舟の歌碑は浮きたちて見ゆ

秋晴れて御神火ゆらぐみ熊野の神楽に歌祖を偲ぶひととき

歌碑《うたぶみ》の除幕を終へて奉納の熊野神楽に秋を親しむ

雪積もる日のひとときはみやしろの霞舟の歌碑に心はせなむ

鍬形虫

残暑きびしきベランダの上の空《から》バケツに墜ちてもがけり鍬形虫は

鍬形虫を胸にとまらせ得々と吾娘は家中歩き廻れり

「鍬形虫ちゃん可愛想よ」と六才の吾娘は毎日梨をせがめり

鍬形虫飼育する娘《こ》は旅行にも連れ行く態度平然と示す

鍬形虫しかと抱へし梨片の果汁を啜り日々を生きつぐ

鍬形虫の生命《いのち》は狭き虫かごに大き梨片日々食べ切れず

鍬形虫に小さき寄生虫たかれるをみつけし吾娘の心配つのる

孤独なる鍬形虫は身構へり梨片入れる指に逆らひ

一心に吾娘の育てし鍬形虫秋雨降る朝つひに逝きたり

幼稚園より急きて帰れり吾娘は妻に鍬形虫の死を知らされて

園児服脱ぐ間なく吾娘鍬形の屍と虫かごをみつめて居たり

鍬形虫ちゃんを蟬の隣に埋めしと吾娘はか細き声にて語る

鍬形虫喪ひし日の吾娘の瞳《まみ》かなしき夕食《け》すすまざりけり

むしけらの命とばかりあなどれぬ吾娘一心に飼ひしを思へば

鍬形虫死して命は梨桃の園に往けりと吾娘をなぐさむ

往診

寒さきびしき雪なき街の日盛りは軒の陰影視覚に沁みる

一年の計を思ひて残り餅の雑煮啜れり如月朔日

往診を待ちゐし媼は女手一つ《ひと》子らを育てしと言ひ注射乞ふ

女手ひとつ下の層みて八人の子らを育てしと媼は強がる

女手ひとつ育てし娘の世話になる姥は曲らぬ膝をさすれり

飼主への往診の礼を言ふごとく吾が膝に来て小犬はじゃれる

浴室にて体洗はれし愛玩犬電気ごたつに入りぬ素早く

病弱なる夫婦の情を一匹のテリアにかけるも生き方ならむ

病状の落ち着くきざしか肥満体をこたつに寄せてテレビ見る姥は

深夜往診終へて帰れば立春の寒き暁寝床にもぐる

恩師

定年後も研究室に恩師居て訪ひたる吾に老いを語らず

若き日の自己《おのれ》の写真に向ひつつ師はひとすぢに研究に生く

骨折後の伸びきらぬ膝にて立ちてみせ師は研究の話つづくる

偉大なる師に恵まれし満足感にひたり疎ましわれの生きざま

小さき花壇

小さき花壇に誰が植ゑくれしか白き花往診前のひと目くつろぐ

うたた寝のわれに毛布をかけくれし吾娘の心に疲労ほぐれつ

信頼のきづなに眠る子は父の肩にもたれて電車に揺れ行く

子らの弾きゐるピアノに合せカナリアは鳴きつづけたり春浅き日に

無事なりと便りしてより数日後流感を病み憂ふうつし身

故、南勝彦同人を悼む

桜花《はな》ふぶき今宵途絶えて人の世のはかなさに聴く君の訃報を

第八抄

早春

心地よく頬撫づる風やはらぎて西徳公園に鶯の声

甲高きカナリアの声醒めやらぬ鼓膜にひびく早春の朝

「おはよう」とひと言のこし心して朝寒の街駆け足にゆく

寒き朝駆け足すれば豆腐屋のおからの匂ひよぎるほのかに

ローソクを吹き消すさへも五才なる吾娘ははにかむバースディの歌に

飴玉をわれにむりやり頬ばらせ包み紙乞ふ四歳の娘は

婚約者つれ来し末の弟は乏しき話題に時もてあます

「いつもの通りですか」と鋏をならす理髪師に心ほぐれて眼瞼《まなぶた》を閉づ

理髪終へ鏡に映る吾が髪に白髪一本ひかりてゐたり

友

なつかしき友のたよりは末筆に吾が診しひとの死を知らせたり

十数年ぶりに友と摂りたる昼食会徐々に昔の口調となりつ

甦る記憶をたどり語らへば友らそれぞれ生くる道ゆく

春の雪とけて花壇のパンジーはつやめきをます朝の陽ざしに

窓に入る風ここちよし見はるかす桜木立にちぎれ雲浮く

フロントグラスに朝光一瞬反射して一路都心へ急ぐダンプカー

拡張せる鋪道に沿ひてたんぽぽの茎曲れるも陽に向かひ咲く

朝の気の日ごとに清し俄雨ひとしきりゆきてまた緑増す

団地の初夏

ハーモニカ・ピアノの音と交錯する団地の初夏を往診にゆく

籠のなかの住まひになれし鶯の声は団地の初夏を気取れり

逆光に右手をかざし新緑のなかに飛び交ふさへづりを追ふ

指一本に親子のきづな確保して満員電車に身をゆだねゐる

流行の歌うるさくてテレビ切りし吾が年齢を妻は言ひたり

遠来の客見送りし安堵感に踏みしめ帰る硬き舗道を

ばた足

臆病の吾が子なりしが水泳を習ひはじめて逞しく見ゆ

水泳を習ひて三月《みつき》わらべらの準備体操も身につききたる

跳び込みはぎこちなけれど飛沫《しぶき》たてばた足つづくる子らは未来へ

わらべらのばた足練習見おろせる吾が顔面にしぶき飛びくる

泳法を聞く子らは皆あどけなし日章旗掲揚に期待をかけむ

挨拶する声は水面《みなも》にこだまして水泳練習無事終へぬ子ら

跳び込みては泳ぎゆく子らに水面に映れる灯《あかり》くだけつづくる

ばた足のしぶきはいまだ淡けれど日本の未来背負ふわらべら

水泳の練習終へし子ら待てば室内灯うつる水の揺れまぶし

アル中患者　（「アル中」はアルコール中毒の略称）

疲労せし眼を休めむと往診の見上ぐる空に入梅の月

読経終へしアル中患者はシャツたくしあげ待ち居し吾の診察を受く

蒼白く瘠せし少年冷然とアル中の父を見据ゑて居たり

アル中の夫の全てを恕すごとき笑顔の女の過去を思へり

ゆきずりに視線合ひたるアル中患者酒くさき呼息《いき》に口実を述ぶ

「はい、はい」と頭を下げるアル中患者心うつろに問診を受く

酒と垢の滲みたる下衣まくる腕の震へは著《しる》く動作定まらず

「また飲んですみません」と頭かくアル中患者を久々に診る

どこで打ちしか覚えなきとふアル中患者裂けし額に汚れし絆創膏

アルコールに耽りし眼《まなこ》落ち着かずこはごは吾に出す指震ふ

酒に飲まれし我《が》を鎮めむと飲む酒に飲まれて男また酒を飲む

臨終

死期迫る姥の往診に急ぐ宵は向寒の月冴えまさりくる

酸素吸入の甲斐なく続く喘鳴の途切るるときあり姥の遺言か

大き孫の声にうなづきし臨終の姥は盲ひて七年生きたり

臨終を告げたるわれの指先に角膜の冷え遺る空しさ

臨終を診終へて帰る往診の鞄重たくあかつきは冷ゆ

病状の再発知らせし葉書なる君の筆跡弱まりのみゆ

痩せし身を病臥に耐へつつ孫を視し優しきまなざしの君は今亡き

往診の吾に与へし医の道の教へは痩せし姥のまなざし

声限り往診の礼を述べられし病臥の君はもはや在せず

寝返り打つ気力失せたる病褥に優しき母のまなざしを見つ

梅雨

梅雨に入りし週末の午後街に出で透明なる傘子らに買ひたり

お揃ひの透明なる傘買ひ与ふ梅雨の散策待ちゐし子らに

急患を診るうちに過ぎし日曜日たっぷり入れし湯槽《ふろ》にくつろぐ

故、木下恵美子同人を悼む

一輪のくちなしの花萎れゐてむし暑き日に君の訃を聴く

御まみえることなく逝きし君の歌を「湖笛」に読めば哀惜深む

歌の道を歩みて君はキリストのもとに至れり病苦に耐へて

訃を聴きて受話器を置けば萎れゐし梔子の香嗅覚を刺す

西村英夫同人、歌集「山峡のうた」出版を祝ひて

胃全剔術をうけてもたゆまぬ情熱に君は「山峡のうた」つひに編みたり

山峡の君の歌集は調べよく「湖笛」と共にひびきわたれり

山峡の君の御歌は朗々と四方をめぐれり歌集となりて

夏のおとづれ

ランドセルを小さき背《せな》にゆすり行く吾子小学生になりてふたつき

梅雨明けの風みづみづしベランダに妻は鉢植整然と置く

梅雨明けの雷雨去りたる軒の端にひときは冴ゆれ風鈴の音

貝殻節の口笛過ぎる夜枕にふるさとの海想ふひそかに

「しゃくしゃく」と食べる西瓜の歯ざはりに都会の暑さしばし忘るる

烈日を白衣にうけて往診に急ぎゐる道背に汗走る

暑き日の診療を終へ空漠と頭脳やすめつつ夕食を摂る

昨日《きのふ》より今日《けふ》けふより明日へうたかたの命は病める人に捧げむ

病《やまひ》より事務に頭を奪はるる開業医道いかに遂げなむ

蓼科の夏

八岳雲に隠れてみえざれど八重九重に美しき山脈

ロープウェイのぼりつきたる横岳は思はぬ寒さ夏の盛りに

横岳の霧を払ひし風道は積乱雲のいただきあたり

うぐひすの声に霽れたる横岳の坪庭に来て夏を見おろす

霧雨とみまがふごとくしぶき降る奥蓼科の乙女滝かな

子らも釣りし虹鱒の塩焼に蓼科の里の夕食に語らひつきず

上の座にもてなし受けし塩焼の虹鱒の味想ひ出だせず

蓼科の里の焚火は赤々と老婆も曾孫も笑顔そめたる

蓼科に果てし志都児の歌碑とかや都に向けて建てられゐたり

うながされ夏の入り陽に向ふとき穂高・乗鞍影絵のごとし

暑き夏のひと日を忘れ霧が峰に子ら蜻蛉を採りくらべたり

蓼科の夏の夜明けはせせらぎを渡る小鳥のさへづりしきり

よもすがらせせらぎたえぬ蓼科の夏の盛りはあかつきに冷ゆ

蓼科の渓流の音愛しみつつ茅野市にくだればけだるき暑さ

蟬の声酷暑の溪《たに》にきはまりて飲むせせらぎの水のつめたさ

秋雑詠

曇りたる空に熟せる柿一つ往診先の表戸の前

吾に出されし欠けたる茶碗をとり替へて妻さりげなく披露宴に座す

ヘリコプター飛び翔くる音か快晴の空想ひつつ患者診てゐる

潑剌と秋を走りて三等になりし子は笑み吾も笑みたり

叱りすぎし吾子なだめたき内心を抑へつづけぬ秋の長夜を

叱られてけふも寝床に入りし子のあどけなき顔に明日を期待す

凩の朝

凩を避け窓際に飛び来たる雀らの羽毛逆立つ今朝は

自転車に相乗り坂を上り往く共稼ぎかや凩の朝

不惑の歳となりたる秋の朝映画音楽に若き日懐ふ

秋の陽の金色ませばカナリアの声はうるはし澄みし朝《あした》に

スモッグも吹き飛ぶほどの風の朝根室に住みゐし日を懐しむ

都にも空澄みわたる朝にあひ落葉吹かるる音のすがしき

窓越しに秋陽楽しむ週末は隙間風さへ心に適《かな》ふ

ハムスター

檻の隅にひねもす眠るハムスター柔き毛膚の背をまるめて

ハムスターの本性あはれ餌を頬に貯へてなほ喰ひつづけゐる

腹ごしらへを終へて今宵もハムスター檻の内側を攀ぢりてはぶら下がる

檻の隅に蹲り眠るハムスター日ごと見やれば愛しさの増す

逃亡も宿命にしてハムスター篳笥の裏に飢ゑてひそめる

ハムスター篳笥の裏ゆ餌をもとめ豆電灯の下に捕はる

眠りゐるハムスターの背を指先で突く吾を意とせず大きあくびす

ハムスターの屍《かばね》を悔む一夜明け昨夕《よべ》いつになく苛立ち見えしか

久寿餅

厄払ひ終へて歩めば降りかかる小雨気にせで久寿餅を買ふ

工場の煙曇天に融け合ひて川崎の街憂愁をます

第九抄

鳳蝶

虫籠に蛹の生死危ぶみゐし吾娘の歓声鳳蝶《あげは》に成れり

虫籠に一冬越しし蛹虫は鳳蝶となりぬさはやけき朝

虫籠にひと冬生きしゆずばうは鳳蝶となりて大空に発つ

母の日

カーネーションに母の似顔を添へし子の一年生の笑顔明るし

望郷のおもひに妻は無名画家の裏大山の油絵を買ふ

竹の子の煮つけに沁みゐるふるさとの味はひかをり柔き歯ざはり

雨あがり待ちゐし連休最終日サイクリングす家族揃ひて

満開の白きつつじのさやけさよ城北公園のサイクリングコースは

水芭蕉の姿懐しみ文書けばせせらぎの音も聞こゆる心地す

とび込みの模範を示す一年の寿子は上級生らの凝視に耐へつつ

ピアノの発表会を終へて

思ふほど間違ひもなく弾き終へし吾娘はピアノを背に立礼す

辛うじて弾き終へし青年の情熱に発表会の拍手はまばら

それぞれに個性を生かし弾き終へてグランドピアノの前に子ら立つ

フィナーレを歌ひ終へたる美しき師に花束捧ぐ吾娘は笑みつつ

十三日の金曜日指摘するほどにいつのまに吾娘成長したる

梅雨明け

ひと雨来てスモッグ晴れし夏の朝また工場に煙立つ見ゆ

梅雨はれし空見上ぐれば電線に腹白々とつばくろとまれる

植ゑしひとの心映すや紅薔薇の手入れ清楚なり園に一輪

梅雨止みし朝たんぽぽの冠毛を吹きては吾娘と語れり夏を

梅雨明けてプールを満たす水音の心地の良さよ西徳公園

公園に緑還りて飛来せる尾長に都の朝は楽しき

雨上がりあぢさゐの花みづみづし今日のはじめの心整ふ

雨上がりをながの群の四、五羽来て西徳公園のひと日はじまる

箱根

入道雲高層ビルに鎮もりて都の夏は今盛りなり

リュックサック赤に揃へて夏休みの家族旅行の主役は子達

短さよ夏の休暇を芦の湖に子らと楽しきひと日惜しみて

芦の湖の水面《みなも》の揺れに夏の陽は乱れて稚魚の群に砕かるる

若者ら頻りに花火打ち上ぐる芦の湖畔に逝く夏惜しむ

夏の陽を避けて箱根のみやしろの森より眺む湖《うみ》の清さよ

ゴンドラの窓ゆ見下ろす顔々は楽しさ不安混り合ひつれ

ロープウェイ乗り行く妻は早雲山の絶景に向き目を閉ぢて居り

吾が子らに神鈴《みすず》手渡し「金持にならむ」と見知らぬ翁行き過ぐ

ロープウェイ噴煙の上を今過ぐる「天下の嶮」に我は小さく

吾が影におびえて逃ぐる稚魚の群風一陣の吹きしがごとく

サイクリング箱根の「森の里」に終へ氷苺の歯触りは良き

つかのまを湖面に映る逆さ富士水上スキーの波に崩れつ

幼き日の胸のときめき甦り子らと乗り込むパイオニア号に

（「パイオニア号」は芦の湖の遊覧船の名）

残暑

高層建築の鉄骨の上渡り行く工夫冷然と酷暑のなかに

クレーン車にて吊り上げられし鉄骨を軽くあしらひ組み立つ工夫ら

高層ビルの工事なかばにクレーン車は残暑まともにうけ休みをり

老いそめしかたくなならむか暑き夜にことさら熱き茶を啜る吾は

スモッグと共に残暑も洗はれし雨後の都に秋のかそけさ

遠ざかる我が家小さく朝靄のなかに残りて坂駆け上る

吾が前を飛び発つ鴿の羽ばたきも生き生きとせり残暑去りし街

残暑去り今朝はすがしき公園を一周多く走り終へたり

七五三

この娘にて七五三終る空しさに着付けする妻の手もと見てゐる

七五三の朝は晴れてぬくき陽に吾娘を囲みて宮に詣づる

御祓を終へて吾が娘と出でにける境内に満つ七五三の子ら

千歳飴引き摺るごとく持ち歩くけふの主役の表情硬き

七五三祝ふカメラにはにかみて吾娘ポーズとる照明に浮き

分け合ひて御神酒を飲めばそれぞれの表情に子ら味を言ふなり

育てあげし安堵感にて妻と粗茶啜れり七五三詣で終へし夕べに

師走風

走りゆく感触いまだ醒めやらで向かふ茜の雲ゆ日は出づ

外套の襟立てて往く通勤者らの一瞥をうけ走るも試練か

駅頭に鈍行を待つ子と吾に寒風あてて急行列車過ぐ

頭部挫傷の手当て受けつつ酒気帯びし男やもめは老残を説く

寒の暁

明星の輝きまさるつかのまの暁は美し寒に入りきて

寒入りの朝駆け終へし吾が腕に触れたる妻は冷えを気遣ふ

明けそむる大寒の気をゆさぶりて鶏の声高くなりゆく

根室にて鍛へし肌の感触に走る寒波に都暁け初む

何げなく投げたる小石弾みよく張れる氷の上を辷れり

走りゆく吾の行方を工事中の黄灯は示す寒のあかつき

街路樹に懸りゐし凧いつのまにか取り払はれて如月に入る

厄払ひ

疑ひの晴れざるままに合掌する吾が心奥ゆ御仏の声

厄除けの太鼓轟き坐せる吾の脊椎を経て脳に鎮めり

境内に並ぶ露店のお好み焼のにがきをしのび子らと立ち食ふ

礼拝を終へて参道帰りゆく人々の足並み徐々に崩るる

厄払ひ終へたる吾に子を委ね妻久寿餅を買ふ列に従《つ》く

春の色めき

腰据ゑて見る人もなし街角に盛りすぎたる白梅の花

公園のベンチも柵も鮮かに塗りかへられて春はいろめく

過ぎるとき必ず吠ゆる飼ひ犬に朝の駆け足いささか鈍る

内田ますの同人、歌集「山茶花」出版を祝ひて

山茶花のかをりゆかしき夕映えに峠道行く君を想へり

第十抄

さはやかな朝

夙に起き沢に駈け出で水芭蕉の開花待ちしか根室の初夏は

言葉など交ししことなき少年に挨拶を受くさはやかな朝

早朝の街走る吾を雀らは仲間のごとく傍に飛び交ふ

夜雨上り舗道に散れる桜花を踏みしめ走る朝さはやかに

今までは真向かひなりし太陽を背後に走る吾が影に随《っ》き

桜花散りし舗道に行きずりのサラリーマンは痰を吐きたり

雨だれの長き合ひ間に目ざめたる朝は寝床に耳を澄ましつ

進学塾の吾娘を迎へに妻の出でまもなく降れり憎き春雨

外出するわれの白髪を抜きくれし妻は自重を強く促す

子は二階われは一階掃除機の音を立てつつひと日はじまる

さつき晴れ

草野球を楽しむ子らも吾につきて共に駆けたり朝のすがしさ

緑化運動すすむ城北公園の朝に相ひ呼ぶ春の小鳥ら

薄暗き部屋に弾く娘《こ》のピアノの音灯《あか》り点すや調べ強まる

五月晴れつつじの香りここちよし往診の坂険しくあれど

五月晴れつつじの群生鮮かに団地の土手をひしめき咲けり

病める身の鈍き動作に合はすかにとぎれとぎれに老は訴ふ

重き尾を架線に支へ五月雨をひと払ひして尾長飛び翔く

週末の午後工場にけむり絶え群なす鴿整然と飛ぶ

藤の花散れど西徳公園の深き緑に尾長来て鳴く

札幌の旅

リラの香に惹かるるがまま坂道をそぞろ歩けり小樽港へ

幼き日を過ごしし真岡に似るとかや小樽港の潮風を浴ぶ

水無月の波打ち寄する親しさよ小樽湾に艀《ふね》座礁しをれど

多喜二の碑に並びて望む小樽沖タタールの空も晴れわたるらし

多喜二の碑に並び望みしオタモイに住む先輩を訪ふ間なき旅

夕凪にのりて漂ふリラの香は坂多き小樽の街に充つらむ

リラの花咲く札幌の大通りを妻と歩めば追憶あらた

妻も吾も小ジョッキにて赤らめる顔を撮り合ふ札幌ビール園

長き梅雨

気道閉塞の姥を救ひて得て梅雨《つゆ》の夜半眠れざるまま雷鳴を聴く

「食ふだけが精一杯」と言ふ老に食餌療法を告ぐるむなしさ

ゴムの新芽脱皮はじむる鉢植を客間に移し長き梅雨待つ

高血圧の母に電話をかけてみつ寒波来し日も変らざる声

梅雨空の晴れ間をうかがひ寄る客にゆかた生地売る声の高まり

抱かれて受診終へたる児は母に「バイバイ」と手を振らされて笑む

静注を受くる老婆に連れ添ひし孫の視線は針を離れず
（「静注」は静脈内注射の略称）

文月雑感

励みゐるスイミングクラブの屋根の上を梅雨幽けく過ぎる雷鳴

水しぶきプールに充てり可能性限りなき子らのばた足続き

丈低き水泳教師は神経を指趾《しし》にわたらせ子らを励ます

安楽死の権利を得たる両親の心決まらずカレンの呼吸に

安楽死我も願はむ臥す床にその安楽死施すは誰ぞ

北島三郎の歌ふ素振りをしてみすは吾娘の余裕か勉強合ひ間に

ごきぶりの動き速まる梅雨明けの厨に夏の盛りを憂ふ

萎るるも梔子の花清楚なり鉢植ながら均整保つ

曇天に七夕祭の笹の枝を担ぎ街往く主婦の顔憂し

塵芥と共に束ねて捨てられし七夕飾り揺るる虚ろに

星みえざる七夕祭の翌朝は重き飾りの笹の枝かなし

むし暑さは今朝にて終るを期待して走りに出づればスモッグの街

走り終へて汗をふきつつ公園の朝の緑に風を娯しむ

炎天

広き家に移りたる時三才の吾娘大の字に部屋に寝そべる

汗ばみて昼をまどろむ吾が胸にレースのカーテン触れつ靡きつ

灼熱のひと日は暮れて公園の木々の葉ずれに気を配りゐる

塾帰りに迎への電話寄す吾娘のわがままに妻怒りもならず

暑きなか進学塾に通ふ吾娘意欲みせたり日焼けし顔に

次女と三女合作したるロボットのつぎはぎ小箱の苦心笑へず

初恋の想ひにユーモアまじへつつ妻と語れり子らに囲まれ

はにかみの後に一瞬真顔して跳び込台ゆ吾娘は跳び込む

炎天を切り刻むかにヘリコプター賑はふプールの上を過《よ》ぎれり

這ひ出でし朝顔の花を迂回して走りつづけぬ暑き朝《あした》に

脊椎体骨折の母は肥満体をギプスに暑中耐へがたからむ

アラゲハンゴンソウと言へる花の黄一色に秋告げゐしか根室の沢辺

あとがき

○短歌との出会いと作歌活動の発端。

私と短歌の出会いは、多くの歌人がそうである様に「小倉百人一首」からである。生後間もなく樺太に渡り、終戦を樺太庁真岡町で迎えてそのままソビエト領サハリン州ホルムスクに名を変えた住み馴れた港町で、終戦までは日本語で示されていた地名、看板等がつぎつぎにロシア語に書き変えられて行き、異邦化した当地での生活は当時十一才の私に日本語への強い愛着を感じさせたものである。月日が経つにつれて日本的なものの消滅、日本語からの疎外が強まり、ソ連本国からの入植者の数が増し、遊び場、遊び用具を失いつつあった時、母が知人から「歌がるた小倉百人一首」を譲りうけて私達姉弟に遊び方を教えてくれたのが最初の出会いで、私は姉達に負けまいと歌の意味も判らず一生懸命暗記したものである。一番先に覚えた歌は「ひさかたの光のどけき春の日にしづ心なく花の散るらむ（紀友則）」で、カルタ取りの時にはこれだけは誰にも取らせまいと目を光らせていたものである。内容を理解することなく暗記した歌の中にも覚えやすい句調のものと覚え難いものとがあり、どうしてこの歌が一番先に私の頭の中に入ったかをどう説明したら良いか判らないが、恐らく生来日本人として日本語による教育をうけ体質的に沁み込んだ「言築のリズム感」が大きな因子と思われるが、音覚的にみて当時の私の心情に最も適っていたのかもしれない。

敗戦後の外地での鬱憤を「百人一首」で晴らしているうち、昭和二十二年五月、いよいよ内地引揚の日が到来し、住み馴れたホルムスク港を後に一家七人揃って無事内地への帰還の途に就くことが出来たことは誠に幸運であった。引揚船上で父（霞舟）が帰国への喜びの歌を次の様に船内のマイクを通して朗詠したことは終生忘れることが出来ない。

「天つ日の光にみちて我が船は今やみ祖《おや》の国へ向へり」

帰国後、父の故郷の福岡県中間市に一、二ケ月過ごした後、父が国立松江病院に就職した関係で松江市に居住することとなったが、当時は敗戦後の住宅難のため官舎はなく病院の空き室で数ヶ月過ごし、市内の朝日町に速成に建てられた木造アパートの十畳ひと間に一家七人が押し込められての生活が始まった。

狭いながらも生活が落ち着きはじめた頃、父は時々病院の職員をつれて来て短歌の話をしているのを聞いたことがあったが、当時の私は野球知らず、卓球知らず、将棋知らずであったので覚えることが多過ぎて歌には無頓着な状態であった。昭和二十六年、木造の宮の沖アパートから西津田町の鉄筋の緑ケ丘アパートに移り、高校三年の時、父に頼まれて目次先生のお宅まで「青虹」誌を借りに行かされ父の歌だけを原稿用紙に書き抜く様にと言われたことがあったが、大学受験を目前にして居た私には何となく心せわしく思われ、唯、頼まれるままに字を羅列していたに過ぎなかった。今考えると、あの機会に多少とも歌を詠む気になって居れば、もう少しましな歌人になっていたかも知れないと悔まれる次第である。

昭和二十八年教師になる積りで島根大学文理学部を受験し、運よく入学出来たが、在学中に心境の変化を来たし、昭和三十二年、卒業直前に鳥取大学医学部に編入学し、医学を修得することとなったが、昭和三十五年、学生結婚をして昭和三十六年卒業後上京。当直医をしながら都立大久保病院にてインターン修練後、昭和三十七年、東京大学医学部大学院に入学することとなったが、昭和四十年大学院在学中に長女誕生。昭和四十一年大学院を卒業したが、経済的理由から学者への道を断念し、実地臨床医への道を歩むこととなり昭和四十二年二月、一家三人四畳半一間の生活から逸れて東京都板橋区加賀町に古いながら一軒家住まいが出来る様になった。その年の秋、朝から雨の降る寒い日曜日、何とはなく縁先から庭を眺めていると、大きな蟇蛙が縁の下の暗闇から、のっし、のっしと姿を現し、降りしきる雨を平然とした顔でうけとめている情景をみて、ふと歌境に陥入り二、三首作ってみたのがこの歌集の最初にあげた「蟇蛙」でこれが現在まで続いている作歌活動の発端である。

○歌集出版の言葉。

今年は私が作歌活動をはじめて丁度十年目にあたり、この辺で何らかの形にして置きたいと思ったこと、今年は私の満四十二才の厄年であり厄払いの意味を持たせたこと、昨年八月で銅婚式を迎えたことを記念して、更に、根室での五年間の体験が私の人生の心の支えとなったことを記念する意味で、この歌集の出版に踏み切った訳であるが、今改めて読み返してみると誠に未熟な歌が多く、先輩諸兄にお見せするには心苦しい気が致しますが、この歌集に対する率直な御批判、御鞭撻を頂ければ幸に存じます。

尚、この歌集は昭和四十二年秋から昭和五十一年夏までの十年間の作品を起草順に年度ごとに十抄に分けて編集した。即ち、第一抄（昭和四十二年秋から四十三年三月まで）、第二抄（四十三年四月から四十四年三月まで）、第三抄（四十四年四月から四十五年三月まで）、第四抄（四十五年四月から四十六年三月まで）、第五抄（四十六年四月から四十七年三月まで）、第六抄（四十七年四月から四十八年三月まで）、第七抄（四十八年四月から四十九年三月まで）、第八抄（四十九年四月から五十年三月まで）、第九抄（五十年四月から五十一年三月まで）、第十抄（五十一年四月から八月まで）の順序で、第一抄は根室赴任前のものを収め、第二乃至第六抄は根室在住当時のもの、第七抄以後は帰京後のものである。

最後に、今日まで「湖笛」誌を通して私の未熟な詠草に対する御助言、御批評を頂いた湖笛同人の方方に深謝致しますと共に、添削及び作歌指導の労を煩わした父、霞舟に謝意を表します。

昭和五十一年初秋

林　宏　匡

林宏匡略年譜

一九三四（昭和九）**年**
九月七日、林藤丸（筆名、霞舟）、道子の長男（第三子）として京都帝国大学附属病院産婦人科にて出生（父、藤丸が当科の医局員であった為）。産婦人科医の父は短歌結社「青虹」の会員であった。

一九三五（昭和十）**年**　生後六ヶ月
三月、姉二人（夏代、伸子）と共に一家五人で、父が樺太庁立眞岡医院産婦人科医長として勤務のため渡樺。

一九四一（昭和十六）**年**　7歳
樺太庁立眞岡第一国民学校入学

一九四五（昭和二十）**年**　11歳
八月十五日、第二次世界大戦敗戦を玉音放送にて知る。
八月二十日、父を残して引揚船を待っている眞岡港にてソ連軍の艦砲射撃に続く侵攻を受ける。

一九四七（昭和二十二）**年**　13歳
五月五日、引揚船「雲仙丸」にて帰国。
歌人であった父は帰国の喜びを船内放送にて朗詠「天つ日の光にみちて我が船は今やみ祖《おや》の国へ向かへり」ほか二首。

一九五〇（昭和二十五）**年**　16歳
三月、島根県松江市立第三中学校卒業。

一九五三（昭和二十八）**年**　19歳
三月、島根県立松江高等学校卒業。
四月、国立島根大学文理学部入学。

一九五七（昭和三十二）**年**　23歳
二月、国立島根大学文理学部退学。
四月、国立鳥取大学医学部三学年に編入学。

一九五九（昭和三十四）**年**　25歳
中国四国学生囲碁大会にて優勝し、第一期中国四国学生本因坊となる。

一九六〇（昭和三十五）**年**　26歳
八月二十三日、梅林猪一郎と志乃の二女、梅林嬉子と結婚。

一九六一（昭和三十六）**年** 27歳
三月、国立鳥取大学医学部卒業。
四月、東京都立大久保病院にてインターン。

一九六二（昭和三十七）**年** 28歳
四月、国立東京大学医学部大学院博士課程入学。

八月、医師国家試験合格。

一九六五（昭和四十）**年** 31歳
九月二日、長女、久仁子出生。

一九六六（昭和四十一）**年** 32歳
三月、国立東京大学医学部大学院博士課程卒業。医学博士の学位を授与。

一九六七（昭和四十二）**年** 33歳
一月、湖笛会入会。父、霞舟の作歌指導を受ける。

一九六八（昭和四十三）**年** 34歳
六月十四日、次女、睦出生。
四月、根室第二保全病院副院長に就任。

一九六九（昭和四十四）**年** 35歳
三月七日、三女、寿子出生。
六月、朝日新聞社主催、朝日アマ囲碁十傑戦北・北海道代表。

一九七二（昭和四十七）**年** 38歳
日本棋院釧路支部主催、釧根地区囲碁名人位獲得戦にて三期連続優勝し、釧根地区囲碁永世名人の称号を允許される。

一九七三（昭和四十八）**年** 39歳
四月一日、林内科医院開業（東京都板橋区）。

一九七四（昭和四十九）**年** 40歳
四月、東京都板橋区医師会入会。
東京都立高島養護学校校医。

一九七六（昭和五十一）**年** 42歳
一月、日本医家芸術クラブ入会。

一九七七（昭和五十二）**年** 43歳
四月、日本歌人クラブ入会。
七月、第一歌集『ニムオロのうた』（湖笛会）刊。

一九七八（昭和五十三）**年** 44歳
七月、第二歌集『三珠樹』（霞舟、靜峰との共著）（湖笛会）刊。

一九八〇（昭和五十五）**年**　46歳

四月、板橋区立若木保育園園医。

一九八三（昭和五十八）**年**　49歳

五月、板橋区医師会理事。

一九八四（昭和五十九）**年**　50歳

一月、日本臨床内科医会入会。

一九八五（昭和六十）**年**　51歳

五月、日本大学豊山女子高等学校中学校より、ＰＴＡ会長としての本会の発展運営に寄与された功績に対する感謝状を授与。

一九八六（昭和六十一）**年**　52歳

十二月、第三歌集『薔薇（ＢＡＲＡ）』（湖笛会）刊。

一九八八（昭和六十三）**年**　54歳

三月十六日、湖笛会草創者、父、林藤丸（筆名、林霞舟）逝去。

四月、湖笛会会長に就任。

一九八九（昭和六十四・平成元）**年**　55歳

八月、日本現代詩歌文学館振興会会員。

一九九二（平成四）**年**　58歳

日本歌人クラブ発行「Tanka Journal（NO.1）」に参加。編集委員となる。

九月、第四歌集『若木集』（湖笛会）刊。

一九九五（平成七）**年**　61歳

一月、学士会短歌会入会。

一九九六（平成八）**年**　62歳

四月、日本臨床内科医会認定医。

一九九八（平成十）**年**　64歳

十二月、日本棋院主催オールアマ忘年囲碁大会七段位獲得戦にて優勝。

一九九九（平成十一）**年**　65歳

日本プライマリ・ケア学会評議員。

九月、第五歌集『起世紀（ＫＩＳＥＩＫＩ）』（湖笛会）刊。

二〇〇一（平成十三）**年**　67歳

一月、東京都国民健康保険診療報酬審査委員としての協力に対して感謝状を授与。

一月、財団法人日本棋院終身名誉会員。

二〇〇二（平成十四）年 68歳
二月、板橋区国民健康保険運営協議会委員として貢献した功績を讃えて感謝状を授与。
二〇〇三（平成十五）年 69歳
四月、日本大学豊山女子高等学校中学校校医。
二〇〇四（平成十六）年 70歳
四月、社団法人日本内科学会認定内科医。
十二月、昭和九年生まれの歌人の会入会。
二〇〇五（平成十七）年 71歳
十一月、福岡県ゆかり歌人の会入会。
二〇〇六（平成十八）年 72歳
一月、島根県短歌連盟入会。
二〇〇八（平成二十）年 74歳
一月、新老人の会入会。
六月、歌論『短歌主客一体説』（短歌新聞社）刊。
十二月、樺太短歌会入会。
二〇〇九（平成二十一）年 75歳
四月、島根日日新聞「しまね歌壇」選者。
四月、第六歌集「烏兎」（湖笛会）刊。
二〇一〇（平成二十二）年 76歳
三月、東京都立高島特別支援学校より三十六年もの永きにわたる学校医の功績を讃えて感謝状を授与。
九月、短歌入門書『速修短歌入門読本』（湖笛会）刊。
十一月、東京都教育委員会より「健康づくり功労者」として表彰される。
二〇一一（平成二十三）年 77歳
十一月、第七歌集『龍翔嬰子』（湖笛会）刊。
二〇一二（平成二十四）年 78歳
十月、第八歌集『泡沫』（湖笛会）刊。
二〇一三（平成二十五）年 79歳
一月、日本禁煙学会専門医師認定。
五月、第九歌集『同行』（湖笛会）刊。
二〇一四（平成二十六）年 80歳
日本短歌協会入会。
七月、短歌評論『花の雫』（湖笛会）刊。
九月、第十歌集『医呟』（湖笛会）刊。

二〇一五（平成二十七）**年**　81歳
一月、山陰文藝協会入会。
一月、日本医師会認定スポーツ医。
六月、東京都医師国民健康保険組合より、被保険者の模範として表彰を受ける。
八月、第十一歌集『旅塵』（湖笛会）刊。
十一月、東京都医師会学校医会より、永年の功績を讃えて表彰を受ける。
十二月、「樺太短歌」終刊。

二〇一六（平成二十八）**年**　82歳
四月、第十二歌集『ホルムスクの夕日』（湖笛会）刊。

二〇一七（平成二十九）**年**　83歳
二月、第十三歌集『ひとつのいのち』（湖笛会）刊。
六月一日、「INTERNATIONAL TANKA」に入会。
七月、短歌評論『蠢聲』（湖笛会）刊。

二〇一八（平成三十）**年**　84歳
四月、日本臨床内科医会臨床内科専門医として認定。
七月、第十四歌集『前進』（湖笛会）刊。

二〇一九（平成三十一・令和元）**年**　85歳
四月、一般財団法人日本プライマリ・ケア連合学会、日本プライマリ・ケア認定医。
十月、山陰文藝協会より、多年にわたる文藝の向上に寄与された功績を讃えて表彰される。
十二月十日、「湖笛」創刊七十周年。

二〇二〇（令和二）**年**　86歳
一月、日本短歌協会及び新老人の会退会。
一月、日本医師会認定産業医。
三月十六日、亡父、林藤丸（霞舟）の三十三回忌。

二〇二一（令和三）**年**　87歳
四月、歌文集『平成余塵』（湖笛会）刊。

二〇二二（令和四）**年**　88歳
四月十七日、一般社団法人日本臨床内科医会より、地域医療功労者として表彰状を授与。

文庫版解説

根室からウクライナまで

松村　正直

『ニムオロのうた』というタイトルを見て、誰もが「ニムオロ」とは何かと思うことだろう。一九七七年刊行の原著を見ると、表紙には「ニムオロのうた」、中の扉には「根室《ニムオロ》の歌」と表記されている。この時点で、「ニムオロ」＝「根室」であることがわかるわけだ。

北海道の地名には、今もアイヌ語に由来するものが数多く残っている。「札幌」も「小樽」も「稚内」も「苫小牧」も「富良野」も「知床」もみなそうだ。独特な発音の地名が多いことにはそうした理由がある。

ニムオロをシャモに追はれて滅びゆく民に星空冷かりけむ
（ニムオロは、「根室」の語源で、アイヌ語「樹木の茂った」と云ふ意味）
粉雪の逆《さか》巻く夜の凍原《いて》に滅びゆく民の呻吟《うめき》籠れる

急降下鳴の羽音の凄じさ濃霧晴れざるニムオロの朝
あきあじの漁期に入ればニムオロの空は晴れゆく冷えまさるらむ

北海道や根室がもともとアイヌの人々の住む場所であった事実を踏まえて、作者はこうした歌を詠んでいる。「滅びゆく民」という言説は今では否定されているが、当時は一般的に流布しているものであった。根室ではなく「ニムオロ」という言葉を用いることに、先住民族アイヌへの心寄せが滲む。和人（シャモ）の一人として北海道の歴史に複雑な思いを抱いていたのだろう。

二〇二一年に公開された「モルエラニの霧の中」という映画がある。北海道の室蘭を舞台にした作品で、「モルエラニ」は室蘭の語源となったアイヌ語だ。このように現在ではアイヌの歴史や文化に対する関心が高まり、アイヌ語を目にする機会も増えている。けれども、この歌集が刊行された当時はそうではなかった。その意味で、時代を先取りしたタイトルと言えるかもしれない。

歌集は編年体で構成され、一九六七年から十年分の歌が一年ごとに十の章に分れている。中でも、第二抄から第六抄は根室での生活を詠んだもので、この歌集の中核を成している。あとがきに「根室での五年間の体験が私の人生の心

の支えとなった」と記している通り、作者にとって大きな転機となった時期で

あった。根室の四季や気候、人々の生活などが描かれていて印象に残る歌が多い。

鷗の群頻り鳴き飛ぶ港街鱈提げし漁婦夕道を往く

昆布《こぶ》漁の引き上げ告ぐる灯台の霧笛はおもく海を亙るも

霧晴れて根室市街の屋根屋根の赤青緑初夏の日に浮く

釣り上げし氷下魚も凍る海風に背を向けつつ釣り続けをり

北国の風土性や港町の暮らしぶりが目に浮かぶ歌である。鱈や昆布などの海産物の豊富な土地であり、また冬には釣り上げた氷下魚《こまい》が凍ってしまうほどの厳寒の地でもある。霧に覆われることが多いほの暗さを抱える一方で、カラフルな屋根の色に見られるような北海道の開放的な明るさも持っている。どの歌も一つ一つの描写が具体的で、場面がくっきりと見えてくるのがいい。

気候の厳しい根室での暮らしには、苦労も多かったことだろう。そんな日々に作者の心を慰め支えてくれたのは、妻と三人の娘の存在であった。三人目の娘はこの根室時代に生まれている。

はさみづけ今日で終りと言ふ妻の皸《ひび》あれの手よ冬長かりき
次ぎつぎに吾が子を風呂に入れ終へて湯槽に父を味はひてゐる
三人の吾娘の好みの振袖に七五三祝ふ日野菊庭に満つ
積まれある丸太に妻子と腰休めトマト食べゐる弟子屈駅前

「はさみづけ」は大根と魚を挟んで塩や麹で漬けたもので、北海道の冬の郷土料理である。初めは慣れない手つきで作っていた妻も、次第に根室での生活に溶け込んでいく。娘たちを風呂から上げた後に一人でゆっくりと湯船につかる時間は、まさに至福のひとときだ。身体も心もじんわりと温まる。そして、たびたび歌に詠まれる「七五三」は、一年一年の娘の成長を実感する場であったのだろう。家族で遊んだり旅行する機会もよく設けていたようだ。「弟子屈《てしかが》駅」は現在は摩周駅と改名されている通り、摩周湖の最寄駅である。北海道らしいゆったりとした旅の様子が伝わってくる。

助教授の職を辞退しはや三年僻地に貧しき医療つづくる

清貧な僻地医療に打ち込みて「医道」を学び四年半過ぐ

病む人を溺るるものに譬ふればわれ藁医者かさいはての地の

そもそも、作者はなぜ縁もゆかりもない地へとやって来たのか。医学部を卒業後、東京でのインターンを終えて、はるばる根室の病院へと赴任したのだった。「助教授の職を辞退し」という言葉からは、大きな決断と堅い意志のあったことがわかる。僻地での診療は華々しいところのない地味なものだ。それでいて、責任は重くのしかかってくる。住民は藁にもすがる思いで診療を受けに来るのである。

激浪を呑みつ吐きつ泳ぎたる漁夫の屍《しかばね》浮腫《むく》み剝げたる

終焉を確め診むと開きたる姥の眼瞼《まぶた》ゆ涙ひとすぢ

白内障の翁は天井見据ゑつつ「飯《めし》のみこめぬ」と喉しぼり言ふ

漁の事故で溺死した人を検死することもある。海は豊かな恵みをもたらす一方で、そうした恐ろしい面も持っている。臨終後にこぼれる一筋の涙は、悲しみや無念か、あるいは満足や感謝の思いか。もちろん本人に確かめようはない。ただ、十分な対応ができたかという問いが作者の胸に残る。「大久保伊勢松翁の死」「故、小鷹光博翁を悼む」のように実名入りの連作もある。「飯のみこめぬ」と訴える患者の苦痛と向き合い、やがて亡くなるまでを看取るのだ。

そうした日々の積み重ねは、人の命や人生を丸ごと引き受け、体感することでもあっただろう。それは医師としてだけでなく、歌人として、また人間として、作者を大きく成長させたに違いない。

歌集でもう一つ目に付くのは、国後島を詠んだ歌である。北方領土の一つである国後島は、晴れた日には根室半島から島影が見える距離にある。けれども、戦後はソ連に占拠された状態が続く。

霜晴れの牧辺の丘ゆ見る沖に白く浮き立つ国後の山
国後島還るまで初日拝まむと骨ばみし翁バスに坐し居り
龍胆の花咲く丘ゆ見はるかす青き国後還らざる島
打つ波の姿残れる凍て海にたそがれ淡し雪のクナシリ

国後島に寄せる思いの背後には、作者の故郷とも言うべき樺太のことがある。生後六か月から十二歳で引き揚げるまで、作者は樺太の真岡で育った。樺太もまた戦後はソ連領になり、日本人の訪れることのできない土地となった。

「終戦までは日本語で示されていた地名、看板等がつぎつぎにロシア語に書き変えられて行き、異邦化した当地での生活は当時十一才の私に日本語への強い愛着を感じさせた」（あとがき）とある通り、樺太は作者にとって短歌の原点でもあった。国後島を「還らざる島」と詠む時に、作者の胸にはもう一つの還らざる島である樺太が思い浮かんでいたに違いない。

二〇〇八年に作者は全国樺太連盟の「ふるさと訪問旅行」に参加して、実に六十二年ぶりに樺太を訪れた。第十二歌集『ホルムスクの夕日』（二〇一六年）には、その時の歌や子ども時代を回想した歌がまとめられている。ホルムスクは作者が暮らした真岡の現在の名前である。

〈六十二年前を尋《もと》めてさまよへど眞岡の町に追ふ影のなく〉〈ホルムスク白詰草の咲く丘の童べ心に老いゆかんとす〉など、何年経っても薄れることのない樺太への愛着や望郷の思いが詠まれている。

最後に、歴史的な事件を扱った歌を見てみよう。

ソビエト戦車の軀幹にチェコ人民鉤十字をば書きて罵る
月面に人の降《お》り立つ世となれどいまだ世界に殺戮絶えず
和平成り弾雨止みたるベトナムに主義思想越え空は晴れむか

それぞれ一九六八年の「プラハの春」、一九六九年のアポロ十一号の月面着陸、一九七三年のベトナム和平協定を詠んだ歌である。
「鉤十字」はナチスのシンボルであり、軍事侵攻を受けたチェコの人々がソ連軍をナチスに喩えて非難していたことがわかる。この歌は私たちにまさに今の国際情勢を思わせるだろう。二〇二二年現在、ロシアは非ナチ化という名目を掲げてウクライナへの侵攻を続けているところだ。

この歌集が刊行されてから既に四十五年。けれども、今もなお世界に争いは絶えない。ニムオロは根室に、真岡はホルムスクに、キエフはキーウへと名前が変わった。そうした観点に立って考えれば、ここに詠まれている様々なできごとは私たちの今に直接つながっている。作者個人の人生を超えた時代のうねりや国と国との争いが、この歌集にも確実に影を落としているのである。

文庫版後記

此の度、現代短歌社の真野少氏の勧めで、小生の第一歌集「ニムオロのうた」を第一歌集文庫の一冊に加えて頂けることになり光栄の至りに存じます。北海道根室赴任時の生活を中心に詠み溜めた若き日の駄作集と言えるかも知れません。再版に当っての誤植修正、装訂等、真野少氏に全面的にお引き受け頂き、心から御礼申し上げます。尚、略年譜には湖笛会草創者、亡父林藤丸（霞舟）を除き、亡母、道子（平成五年五月二十三日歿）、亡妻、嬉子（平成十九年五月二十一日歿）他、亡き近親者の歿日は記しませんでしたが、齢八十八を重ねた小生の心奥に今も尚、生き続けて歌心を触発して呉れて居りますので敢えて省かせて頂きました。今後共、生命ある限り故人との縁を大切にし乍ら余生を歩み続けて行く所存です。

擱筆に当り、本書の解説を頂いた松村正直氏に深甚なる謝意を表します。

林　宏匡

本書は一九七七年、湖笛会より刊行された。

GENDAI
TANKASHA

〈第一歌集文庫〉

歌集　ニムオロのうた

令和四年六月三十日　初版発行

著　者　林　宏匡

発行人　真野　少

発行所　現代短歌社
〒六〇四―八二一二
京都市中京区六角町三五七―四
三本木書院内
電話　〇七五―二五六―八八七二

装　丁　かじたにデザイン

印　刷　創栄図書印刷

定価八八〇円（税込）
ISBN978-4-86534-396-0 C0192 ¥800E

文庫版後記

　此の度、現代短歌社の真野少氏の勧めで、小生の第一歌集「ニムオロのうた」を第一歌集文庫の一冊に加えて頂けることになり光栄の至りに存じます。北海道根室赴任時の生活を中心に詠み溜めた若き日の駄作集と言えるかも知れません。再版に当っての誤植修正、装訂等、真野少氏に全面的にお引き受け頂き、心から御礼申し上げます。尚、略年譜には湖笛会草創者、亡父林藤丸（霞舟）を除き、亡母、道子（平成五年五月二十三日歿）、亡妻、嬉子（平成十九年五月二十一日歿）他、亡き近親者の歿日は記しませんでしたが、齢八十八を重ねた小生の心奥に今も尚、生き続けて歌心を触発して呉れて居りますので敢えて省かせて頂きました。今後共、生命ある限り故人との縁を大切にし乍ら余生を歩み続けて行く所存です。

　擱筆に当り、本書の解説を頂いた松村正直氏に深甚なる謝意を表します。

林　宏匡

ソビエト戦車の軀幹にチェコ人民鉤十字をば書きて罵る
月面に人の降《お》り立つ世となれどいまだ世界に殺戮絶えず
和平成り弾雨止みたるベトナムに主義思想越え空は晴れむか

それぞれ一九六八年の「プラハの春」、一九六九年のアポロ十一号の月面着陸、一九七三年のベトナム和平協定を詠んだ歌である。「鉤十字」はナチスのシンボルであり、軍事侵攻を受けたチェコの人々がソ連軍をナチスに喩えて非難していたことがわかる。この歌は私たちにまさに今の国際情勢を思わせるだろう。二〇二二年現在、ロシアは非ナチ化という名目を掲げてウクライナへの侵攻を続けているところだ。

この歌集が刊行されてから既に四十五年。けれども、今もなお世界に争いは絶えない。ニムオロは根室に、真岡はホルムスクに、キエフはキーウへと名前が変った。そうした観点に立って考えれば、ここに詠まれている様々なできごとは私たちの今に直接つながっている。作者個人の人生を超えた時代のうねりや国と国との争いが、この歌集にも確実に影を落としているのである。

GENDAI
TANKASHA

歌集　ニムオロのうた　〈第一歌集文庫〉

令和四年六月三十日　　初版発行

著　者　林　宏匡
発行人　真野　少
発行所　現代短歌社
〒六〇四―八二一二
京都市中京区六角町三五七―四
三本木書院内
電話　〇七五―二五六―八八七二
装　丁　かじたにデザイン
印　刷　創栄図書印刷

定価八八〇円（税込）
ISBN978-4-86534-396-0 C0192 ¥800E

本書は一九七七年、湖笛会より刊行された。